선인장 키스

선인장 키스

박시울 초단편소설집

차례

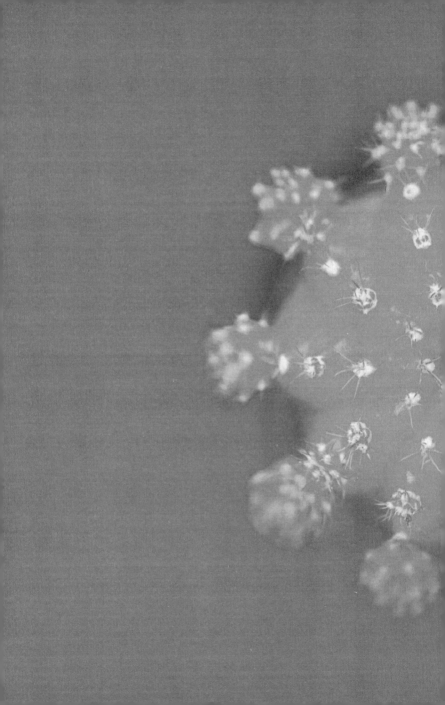

파도와   모래성

해변에 나란히 앉아 모래성을 쌓는 아이들이 있었다.

머릿수만큼 다른 올망졸망한 눈, 코, 입처럼 가지각색
자기만의 모래성을 쌓았다.

모래 위에 모래.

모래 위에 모래.

모래 위에 모래를.

계속해서 쌓았다.

성의 크기는 갈수록 커졌다. 그리고 파도가 덮쳤다. 모래성은 하나도 빠짐없이 무너졌다. 파도가 훑고 지나간 자리는 납작해졌다.

한 아이가 울음을 터뜨리자, 도미노처럼 아이들의 눈물샘이 개방되었다. 그들은 평평한 모래성의 폐허 앞에 앉아 목 놓아라 울었다. 본인들의 노력을 보상받기 위해 생각해낸 최선의 행위였다.

그런 와중에 한 아이는 울지 않았다. 그는 주위를 두리번거리다가, 자기 앞에서 혓바닥을 날름거리는 파도에 시선을 고정했다. 한참을 그러고 있던 아이는 이렇게 말했다.

"내 모래성이 너무 멋있어서 파도가 가져갔나 보다!"

그리고 다시 모래성을 쌓기 시작했다.

허수아비

농부는 허수아비를 만들었다.

참새무리가 곡식을 쪼아 먹는 탓이었다. 긴 막대기 두 개로 십자 모양을 만들고 지푸라기로 부풀린 비료 포대를 끼운 후, 다 해진 밀짚모자와 목장갑을 씌웠다. 얼추 사람 형태로 보이면 됐기 때문에 볼품없었다.

허수아비는 자신을 만들어준 농부에게 감사했다. 그는 농부의 은혜에 보답하기 위해 자신의 본분을 다했다. 그래 봤자 가만히 서 있는 게 전부였다.

참새들은 논 한가운데에 박혀 있는 허수아비 때문에 근처를 어슬렁거릴 뿐 쉽게 접근하지 못했다.

"고놈 참 요긴하네."

농부의 흡족한 미소에 허수아비는 뿌듯했다. 그러나 간사한 참새들은 얼마 지나지 않아 허수아비의 정체를 눈치챘다. 그들은 은밀하게 날아와 곡식을 쪼아 먹고 배를 채워 유유히 날아갔다. 다리도 없고 입도 없는 허수아비는 그 모습을 애타는 마음으로 지켜볼 수밖에 없었다.

며칠 뒤, 벼의 상태를 확인한 농부는 한숨을 쉬며 허수아비를 노려보았다. 그는 면목이 없었지만, 고개를 움직일 수 없어 그 눈초리를 정면으로 받아야만 했다. 농부는 허수아비를 수정하기로 했다. 얼굴을 만들어서 이목구비를 그렸고, 비료 포대는 헌 옷으로 바꾸었다.

전보단 제법 사람다워진 모습으로 변한 허수아비는 결코 농부의 기대를 저버리지 않겠다고 다짐했다. 그는 그런 자신의 결심을 실천하기 위해 어떻게 해야 할지 고민했다. 그러나 얼마 못 가 고민은 끝나버렸다. 그가 할 수 있는 건 서 있는 게 전부였기 때문이다. 그래서 허수아비는 전보다 더 열심히 가만히 서 있었다.

사람다워진 허수아비를 본 참새들은 흠칫했지만, 시간

이 흐르면서 그의 정체는 다시 금세 탄로 나고 말았다. 참새는 여전히 곡식을 쪼아 먹었고, 허수아비는 그 모습을 무력하게 지켜볼 수밖에 없었다. 그것도 모자라 참새들은 허수아비의 팔에 올라앉아 수다를 떨기까지 했다.

허수아비는 분했다. 그러나 그에겐 소리칠 수 있는 입이, 발길질할 수 있는 발이, 휘두를 수 있는 근육이 없었다. 그저 막대기일 뿐이었다.

"움직이고 싶지?"

그때, 한 참새가 말했다.

"네가 왜 움직이지 못하는지 알아?"

참새의 질문에 허수아비는 답하고 싶었다. 그러나 정면을 바라보며 우두커니 서 있을 뿐이었다.

"너는 이렇게 생각하겠지. '농부의 기대를 저버리면 안 돼. 그러면 나의 존재 이유가 사라져버려.' 하고 말이야. 그런데 바로 그게 네가 움직이지 못하는 이유야. 누군가로부터 기대를 받으면, 그리고 그 기대에 부응해야만 한다고 생각하면 몸은 딱딱하게 굳어버리거든."

허수아비는 참새의 이야기를 묵묵히 들었다. 반박하고 싶은 마음도 애초에 반박할 수 있는 입도 없었다.

"내가 자유롭게 날아다닐 수 있는 건, 아무도 내게 기대를 하지 않기 때문이야. 심지어 나는 나에게도 딱히 기대하지 않아. 얼핏 들으면 섭섭할 것 같지만 내겐 오히려 좋은 소식이야. 내가 순간순간 내리는 선택은 기대에 얽매여 있지 않아서 자유롭지. 너처럼 몸이 굳어 있지도 않고. 그런데 있잖아… 진짜 웃긴 건 뭔지 알아?"

"…."

"농부는 너한테 기대한 적이 없어. 너는 그냥 허수아비일 뿐이니까."

참새는 날아갔다.

세모의   살인

"왜 네모를 죽였습니까?"

형사는 세모를 노려보며 말했다. 세모 역시 대답 대신 형사를 노려보았다.

"당신의 방 안에 네모의 사진이 덕지덕지 붙어 있었습니다. 이 사실이 어떤 의미를 내포하고 있다는 것을 나도 알고, 당신도 알고, 지나가던 똥개도 압니다."

형사는 세모의 방 사진을 들이밀며 말했다.

"당신과 네모는 죽마고우였다고 들었는데, 도대체 왜 죽였습니까?"

형사의 고함에도 세모는 눈 하나 깜빡하지 않았다. 그는 수갑을 찬 손을 책상 위로 올려 형사의 노트를 톡톡 두드리며 말했다.

"형사님은 세모난 노트를 써본 적이 있으신가요?"
"뭐라고요?"
"모서리가 세 개인 노트를 써본 적이 있으시냐고요."

세모는 건너편에 앉은 연인에게 뽀뽀라도 하듯이 몸을 앞으로 바짝 기울이며 말했다.

"세모난 침대에서 주무신 적 있으세요? 세모난 창문을 본 적 있으세요? 세모난 청첩장을 받은 적 있으세요? 거기다… 삼각팬티도 안 입으신 지 오래죠?"
"… 하고 싶은 말이 뭡니까?"
"아마 없으시겠죠. 왜냐하면 저조차도 세모난 물건 따윈

쓰지 않으니까요."

세모는 다시 제자리로 돌아와 의자에 등을 붙였다.

"그러니까 이런 겁니다. 열등감은 죽마고우고 뭐고 정신을 피폐하게 만들어버립니다. 어렸을 때부터 네모의 존재는 저에겐 괴로움이었습니다. 네모. 네모. 네모. 사람들은 모두 네모난 물건을 쓰며 살아갑니다. 도대체 어느 누가 세모난 침대에서 잠을 자고 싶겠어요? 누구는 저보고 신경 끄고 살면 편하다고 조언하더군요. 그런데 저라고 안 해봤겠습니까? 오히려 '신경 꺼야지.' 생각할수록 신경이 쏠리게 되니 미쳐버릴 지경이었습니다."

"그래서, 열등감 때문에 네모를 죽였다는 겁니까?"

"처음엔 그랬습니다. 내가 이렇게 괴로워할 바에 죽여서 없애버려야겠다 다짐하고 네모의 집을 찾아갔습니다."

형사는 세모의 자백에 귀를 기울였다.

"그런데 환하게 웃으며 저를 반기는 네모를 보니 도무지 죽일 수가 없더군요. 마음이라는 녀석은 알다가도 모르겠습니다. 웃는 얼굴에 침도 못 뱉는데, 칼질은 오죽합니까. 그렇게 저는 거실과 부엌을 거쳐 네모의 방까지 들어가게 되었습니다. 그런데 거기서 그 광경을 봐버린 겁니다."

"무엇을 말입니까?"

"네모의 방을 뒤덮은 사진이요. 그 사진들은 모두 동그라미의 사진이었습니다."

"그게 뭐 어쨌다는 겁니까?"

"형사님. 아직도 모르겠어요?"

세모는 실소를 터뜨렸다.

"네모도 저와 똑같은 녀석이었던 겁니다. 열등감에 찌든 불쌍한 존재였던 거죠. 단둘이 식사를 하는 내내 그는 동그라미에 대해 이야기했습니다. 우주의 모든 별들도 동그랗고, 눈알도, 불알도, 영원을 상징하는 숫자인 0마저도 동그랗다는 것. 그가 말하길 동그라미는 신의 도형이라고 하더군요. 거기에 비하면 자신은 한참 부족하다는 말까지 했습니다. 저는 그 말을 듣자마자 주저 없이 칼을 빼 들고 네모를 찔렀습니다."

"갑자기요?"

"갑자기라뇨. 그 말을 듣고 어떻게 참을 수 있어요? 저는 평생 네모를 노려보고 있었는데, 정작 네모는 제가 안중에도 없었던 겁니다. 제가 그를 노려본 것처럼 그도 동그라미를 노려보고 있었던 거죠. 이 사실에 저는 분노할 수밖에 없었습니다. 내가 그토록 시기하던 존재가 나와 같은 열등감에 찌든 한심한 존재였다는 것에 환멸을 느꼈습니다. 그래서… 죽였습니다."

세모의 자백은 끝났다. 형사는 그를 지긋이 바라보다가 혼자 자지러지게 웃었다.

"이게 웃깁니까?"

세모가 물었다. 형사는 눈물을 훔치며 말했다.

"아, 당신이 한심한 존재라는 건 확실히 알겠습니다. 하지만 네모는 그렇지 않습니다. 왜냐하면 네모는 동그라미

19

를 시기하던 게 아니라 존경했거든요. 동그라미의 열렬한 팬이었습니다. 연락도 자주 하고 서로에게 영감을 주고받던 사이였습니다. 네모는 동그라미처럼 되고 싶었지만, 동그라미가 되고 싶어 하진 않았습니다. 그저 네모다워졌죠. 세모. 당신은 열등감으로 상대와 자신을 죽였지만, 네모는 존경심으로 상대와 자신을 드높였습니다. 비록 안타깝게도 비열한 당신의 손에 죽었지만 말이죠."

형사는 남아 있던 웃음을 마저 터뜨렸다. 그리고 노트를 챙겨 자리에서 일어났다.

"자백하느라 수고했습니다. 덕분에 평생 네모난 노트만 쓸 것 같습니다. 뭐, 원래 그럴 예정이었습니다만."

형사는 취조실을 나섰고, 세모는 닫힌 문을 바라보았다. 그것마저 네모였다.

백마 탄 　　　　기사님

"여기서 뭐 하세요?"

"기다리고 있습니다."

"누구를요?"

"백마 탄 기사님이요."

"그게 누군데요?"

"하얀 말에 올라탄 기사죠."

"그러니까, 그 사람이 뭐 하는 사람이길래 기다리냐고요."

"꼬일 대로 꼬인, 이 지독한 현실의 늪에서 허우적대는
저를 끄집어내줄 사람이요. 구세주 같은 개념이예요."

"… 요즘 힘드세요?"

"힘든 건 늘 힘들었죠. 저는 하루 대부분의 시간을 미래를 상상하며 보내요. 사실 상상이라기보단 걱정에 가깝지만요. 지나온 발자국을 돌아보면 앞으로 밟게 될 발자국이 자연스럽게 떠오르는데, 그게 썩 유쾌하지 않아요. 숨이 턱 막혀버리고, 몸이 굳어버리죠. 뿌연 안개가 시야를 가로막아 눈이 뻑뻑해지는 거예요.

이런 저를 늪에서 끄집어내줄 사람이 필요한데, 그게 바로 백마 탄 기사예요. 그는 걱정과 후회를 모르죠. 하고자 하는 일이 있으면 망설임 없이 움직이고, 고난을 겪고도 쉽게 좌절하지 않아요. 오히려 시련을 통해 더욱 강해져요. 그는 강인한 정신력과 체력으로 인생의 수렁에 빠진 자들을 구해줘요. 저는 그의 존재를, 그리고 그가 저를 구하러 올 거라는 사실을 믿어요."

"푸흡."

"왜 웃으시죠?"

"당신이 백날 기다려봤자 그 사람은 오지 않을 겁니다."

"존재를 부정하시는 거예요?"

"아니요. 존재를 부정하는 게 아닙니다. 백마를 탄 기사는 분명히 있어요. 하지만 당신이 이 자리에서 기다린다

해도 오지 않을 거라는 말입니다."

"그럼, 직접 찾으러 다녀야 한다는 말이예요?"

"아니요. 찾으러 다녀도 소용없어요. 당신은 절대 찾지
못할 겁니다."

그자는 나를 위아래로 훑어보고 낄낄거리며 가던 길을
갔다. 그의 말과 행동은 저주에 가까웠다. 나는 멀어져가
는 그자의 뒷모습에 대고 침을 뱉고 싶었지만 참았다. 나
는 기사의 존재를 믿었고, 그와 만날 수 있을 거라는 확신
이 있었기 때문에 하염없이 기다렸다.

그러나 기사는 코빼기도 보이지 않았다. 사람들이 나를
흘깃거리며 지나칠 뿐이었다. 나는 외로운 마음에 그들을
불러 세워 말을 걸었다. 사람들은 나의 이야기를 유심히
듣다가, 끝으로 갈수록 조소를 머금었다. 그리고 마지막엔
하나같이 이렇게 말했다.

"백마를 탄 기사는 분명히 있어요. 하지만 당신은 절대
찾을 수 없을 거예요."

비웃음과 함께 확신에 찬 어투로 말하는 그들의 입술을 보고 있자니, 신념에 금이 가기 시작했다. 나는 환상을 좇고 있는 걸까. 죽을 때까지 그를 만날 수 없는 걸까.

그런 불안감에 휩싸여 갈 때, 한 소녀를 만났다. 그녀는 다른 사람들과 마찬가지로 내게 여기서 무엇을 하고 있느냐고 물었고, 나는 이야기를 토해냈다. 소녀는 나의 이야기를 차분히 들어주었다.

다른 이들처럼 중간에 말을 끊거나, 비웃지도 않았다.

내가 말을 마치자 그녀는 나를 올려다보며 말했다.

"아저씨가 타고 있는 건 뭐예요?"

나는 고개를 숙였다.

하얀 털이 눈에 들어왔다.

오르락내리락 하는 숨결이 느껴졌다.

나는 무언가에 올라타 있었다.

아주 오래전부터.

"아저씨, 바보예요? 아저씨가 백마 탄 기사님이잖아요!"

반납하겠습니다

최근 나의 주변에 두 명의 죽음이 있었다.

고등학교 동창인 '건' 그리고 군대 후임이었던 '민'의 죽음이었다.

건은 급성골수성백혈병으로 스물네 살에 세상을 떠났다. 문병 선물로 작은 화분을 건네주었을 때 그는 씁쓸한 웃음을 지었다. 영상 편집자가 꿈이었던 건은 병문안을 온 친구들의 모습을 영상으로 남겨 직접 편집해 나눠주었다.

완치되고 나서 다 같이 모여 함께 영상을 보면 색다른 기분이 들 거라고 그는 말했다. 완치는 예정된 일이라고, 나와 친구들은 굳게 믿고 있었다.

건의 장례식을 다녀오고 집으로 돌아가 그가 선물한 영상을 수십 번 돌려보았다. 너한텐 내가 이렇게 보였었구나. 억지웃음을 짓는 내 모습이 야속하게 느껴졌다.

'표정 관리 좀 해라.'

영상 속 나에게 외치고 싶었다. 두 달 뒤, 군대 동기였던 친구에게 연락이 왔다. 민의 부고를 알리는 전화였다. 그는 스물여섯의 나이에 샤워기 줄로 목을 매달아 자살했다. 장례는 일주일 전에 치러졌고, 가족, 친척, 가까운 지인들에게만 부고 소식을 전했다고 했다.

나보다 두 살 많았던 후임. 공부를 잘했고 애니메이션을 좋아했던 조용한 사람. 심성이 착해 후임들에게 쓴소리도 못했던 사람. 작은 파편들로 나뉜 기억 속 민의 모습은 그랬다.

스스로 목숨을 끊는다는 것은 머나먼 이웃의 일. 내 주변에서 일어나리라곤 생각도 못했던 일. 아니, 생각조차 하기 싫은 일.

8개월이라는 짧은 시간이었지만, 한솥밥을 먹고 같은

천장 밑에서 동고동락했던 민의 죽음은 내게 꽤 큰 아픔으로 다가왔다.

건과 민. 서로 다른 성질의 죽음이 나를 내려다보았다. 신은 두 사람에게 인생이라는 책을 빌려주었다.

건은 선물이 마음에 들었다. 그는 결말이 궁금했고, 밑줄을 치고 메모를 하며 읽었다. 그러나 얼마 지나지 않아 책을 반납해야만 했다.

민은 선물이 실망스러웠다.

그는 글자를 해독하지 못해 낙서를 하고 책장을 갈기갈기 찢었다. 결말은 고사하고 다음 페이지의 내용조차 궁금하지 않았다. 그는 기한이 훨씬 많이 남았지만, 책을 반납하기로 했다.

"반납하겠습니다."

두 사람이 말했다.

한 명은 눈물을 흘렸고,
한 명은 미소를 지었다.

천사의　　　　총구

관자놀이.

뭉툭하고 차가운 물체.

철컥하는 소리.

"깼어?"

잠에서 깬 나는 소리가 들리는 왼쪽으로 고개를 돌리려
했다.

"어디 돌려봐. 머리통 박살 나서 뇌가 벽에 덕지덕지 들러붙는 걸 보고 싶으면.”

　그는 총구로 나의 관자놀이를 푹푹 쑤시며 나긋나긋하
게 말했다.

“고개 돌리면 쏴버린다.”
“…누구세요?”

　나는 깜깜한 천장을 바라보며 한밤중의 강도에게 용기
를 내 물었다.

“천사라고 하면 믿을 거야?”
“네?”
“거봐 안 믿네.”

　그는 깊은 한숨을 내뱉었다.
　나는 짧게 기침했다. 나는 그제야 그가 담배를 피우고
있다는 사실을 깨달았다. 요즘엔 천사도 담배를 피우나?

"요즘엔 천사도 담배를 피우나, 라고 생각했지?"

나는 흠칫했다. 내 생각을 어떻게 읽은 거지?

"내 생각을 어떻게 읽은 거지? 라고 물었으니 답 해줘야
지. 천사니까 읽은 거야. 나는 네 생각이 보여. 그러니까 구
라 칠 생각하지 마. 쏴버리는 수가 있으니까."
"저기, 천사님."

나는 이불을 턱까지 끌어올리고 고개는 빳빳이 천장을
향한 채로 말했다.

"원하시는 게 뭔가요?"

천사는 대답 대신 담배 연기를 깊게 빨더니 내 얼굴에
후 하고 뱉었다. 나는 고개를 돌리지도 못한 채로 눈을 질
끈 감고 기침을 했다.

"너희 인간들이 만든 것 중에 최고의 발명품이야."

"…담배가요?"

"원하는 게 뭐냐고 물었지?"

그는 나의 말을 무시하고 말했다.

"내가 묻고 싶은 게 그거야. 넌 도대체 원하는 게 뭐야?"

"제가 원하는 거요?"

인질에게 원하는 걸 물어보는 강도라니.

"이해가 잘 안되는데요."

"인생을 살면서 해보고 싶은 게 있을 거 아니야. 너 나름
대로."

"…장래희망 같은 건 딱히 없어요."

"하. 내가 너 같은 놈들 때문에 이렇게 지상까지 내려와
서 추가 근무를 하잖아."

천사가 말했다.

"저승에 도착한 인간들이 입구에서 가장 많이 하는 말이 뭔지 알아?"

"뭔데요?"

"해볼걸. 너무 걱정하지 말고 해볼걸. 너무 재지 말고, 너무 계산하지 말고 해볼걸. 중얼중얼중얼. 이미 죽은 놈들이지만 그렇게 중얼대는 걸 보면 한 번 더 죽이고 싶다니까?"

천사는 담뱃불을 끄고 말을 이었다.

"내가 언제 너한테 희망 직업을 물었어? 살면서 해보고 싶은 게 있냐고 물었지."

"따로 생각해본 적 없어요."

"이 등신아."

천사는 총구를 더 세게 들이밀며 말했다.

"넌 없는 게 아니라 너무 많은 거야. 그러니까 외면해버리는 거고. 그 소리들을 무시하고 기껏 한다는 일이 얼빠진 표정으로 편의점 샌드위치 바코드를 찍는 일이야? 그렇다고 손님한테 친절하게 대하는 것도 아니고, 재고 정리를 열심히 하는 것도 아니면서. '여기서 이러고 있으면 안 되는데.'라고 생각하면서 넌 항상 영혼 없는 표정으로 그 자리에 있지. 그게 가장 큰 문제야. 너 같은 애가 죽어서 저승 입구에서 중얼중얼 거린다고."

"지금 편의점 알바생 무시하는 거예요?"

"아니. 나는 무시한 적 없어."

천사가 말했다.

"무시하는 건 너지. 너는 일하고 있을 땐 이러고 있으면 안 된다고, 내가 할 일은 따로 있다고 생각하면서, 막상 퇴근하면 생각했던 일은 안 하고 누워서 핸드폰이나 하면서 시간을 축내잖아. 내 말이 틀려?"

나는 그의 말에 반박할 수 없었다. 맞는 말이라 오히려 기분이 더러웠다.

"자. 이제 네가 원하는 걸 말해봐. 하나뿐인 인생에서 해보고 싶은 것들 말이야. 이뤄질 가능성을 생각하는 거는 제발 그만하고. 일단 세상에 선포하는 게 중요하니까. 나는 이걸 녹음해서 저승에 있는 상사한테 보고해야 해. 말하기 싫으면 안 해도 돼. 머리통이 박살나고 싶으면."

나는 더는 그의 협박이 무섭지 않았다. 생각해보니 이게 그렇게 어려운 일인가 싶었다. 단지 내가 원하는 걸 말하는 것뿐인데. 나는 머릿속에서 떠오르는 대로 내뱉었다.

"일단 돈을 많이 벌어서 부모님을 세계여행 보내드리고 싶어요. 저를 키우기 위해서 밤낮없이 일하셨거든요. 노후에는 편하게 지내셨으면 좋겠어요. 그리고 집을 직접 지어서 살아보고 싶어요. 땅을 사고 직접 설계한 집에서 사랑하는 사람이랑 살고 싶어요. 그리고…."

나의 이야기는 봇물 터지듯 흘러나왔다. 내가 원하는 게 이렇게 많았다니. 한번 시작하니 멈출 수 없었다.

천사의 말이 맞았다. 없는 게 아니라 너무 많은 것이었다. 그렇게 나는 30분이 넘도록 떠들었다. 중간에 눈물을 흘리기도 했고, 웃기도 했다.

"이제 좀 후련해?"

천사가 물었다.

"네. 좀 많이 후련하네요."

"네가 말한 것들이 이뤄지지 않으면 어쩌지 걱정할 필요 없어. 중요한 건 네가 너의 욕망에 솔직해진 지금 이 순간이야. 이 기분을 절대 잊지 말고 내일부턴 바보처럼 하루를 흘려보내지 마. 저승 입구에서 중얼대는 사람은 이미 꽉 찼어."

"명심할게요."

나의 대답에 천사는 총구를 거뒀다. 나는 안도의 한숨을 쉬었다.

"왜 안도하는 거지?"

천사가 물었다.

"그야… 총을 거두셨으니까요."
"글쎄. 총은 네 머리에 아직 붙어 있는데?"

나는 고개를 돌렸다. 그는 어느새 사라지고 없었다. 나는 왼쪽 관자놀이를 더듬거렸다. 총은 붙어 있지 않았다. 뭐가 붙어 있다는 거지. 나는 천사의 말을 곱씹었다.

고요한 방 안에, 째깍거리는 시계 소리만 들렸다.

시간.

나는 그것이 천사가 말한 총이라는 사실도 눈치채지 못하고 까무룩 잠이 들었다.

그가 사귄   사람들

"이제 그쪽 얘기 좀 해줘요. 지금까지 만난 사람들은 어떤 스타일이었어요?"

"음… 너무 많아서 정리하기 힘든데. 다들 각자만의 스타일이 확고했어요."

"어떤 식으로요? 자세히 얘기 좀 해봐요."

"누구는 밤에 만나는 걸 좋아하고, 누구는 낮에 만나는 걸 좋아했죠. 누구는 데이트 시간을 칼같이 지키고, 누구는 조금만 더 같이 있어 달라며 매달리기도 했고요."

"재밌네요. 한 명씩 얘기해줄 수 있어요?"

"어떤 사람은 자신의 삶을 지나치게 소중히 여겨서, 시

간이 낭비되는 꼴을 용납하지 못했어요. 그의 하루 일정
표는 5분 단위로 꽉꽉 채워져 있었죠. 심지어 아침에 물을
마시러 가는 시간까지 적혀 있지 뭐예요? 그런 사람의 계
획표에 나와의 데이트 시간도 정해져 있는 건 어찌 보면
당연한 일이었어요. 보통 사람이었으면 소화하지 못할 스
케줄을 소화하고, 밤늦게 저와 만나 피곤한 몸과 정신으로
저와 데이트를 하는 식이었죠."

"그럼, 당신과의 데이트를 온전히 즐기지 못했겠군요?"

"아니요, 절대요. 제가 말했잖아요. 그 사람은 자신의 삶
을 끔찍이 아껴서 일 분 일 초를 허투루 보내는 걸 용납하
지 않는다고. 그는 저와 데이트를 할 때도 저에게 온전히
집중했어요. 그렇게 데이트를 마치면 몸과 마음이 충전되
는 기분이 든다고 했어요. 그러고선 다음 날이 되면 자신
의 스케줄을 열심히 소화했죠."

"대단하신 분이네요. 저는 그렇게 못할 거 같아요."

"그런 사람도 있는 반면, 완전 반대인 사람도 있어요. 삶
을 마음껏 낭비하는 사람이요. 일정 정리는커녕 하루의 계
획이라곤 세워본 적 없는 사람. 그는 자신의 삶에 마땅한
의미를 느끼지 못하고, 모든 상황을 비관적으로 바라보았

어요. 영혼이 잠들어 있는 사람이었죠.

그럼에도 그는 저를 무척 좋아해주었어요. 온종일 빈둥대면서 저를 찾았어요. 하지만 저도 나름 바쁜 몸이라 매번 그의 곁에 있어줄 순 없었죠. 그는 저와 함께 있으면 위로 받는 기분이 든다고 했어요. 무채색인 자신의 삶으로부터 잠시라도 도망칠 수 있는 공간이라고까지 제게 말해주었어요. 그렇게 말해줘서 고맙기도 했지만 사실 저는 그가 안쓰러웠어요."

"극과 극에 위치한 두 사람이었네요."

"맞아요. 이건 극단적인 예시죠. 중간 지대의 둥글둥글한 사람이 대부분이었는데, 그렇다고 그들이 사연이 없는 건 아니에요. 사람은 모두 각자의 사연이 있죠. 진짜 극단적인 얘기는 아직 안 했는데. 해드릴까요?"

"뭔데요?"

"저와 데이트를 하다가 죽어버린 사람들의 이야기요."

"잠깐만요. 사람'들'이라뇨?"

"저랑 데이트를 하다가 인사도 없이 죽어버리는 사람들도 있어요. 아, 저는 그 사람들만 생각하면 가슴이 미어져요."

"어떤 식으로 죽는데요?"

"수면제를 한 움큼 집어서 물과 함께 목구멍으로 쑤셔 넣는 자살 방식이요."

"도대체 그동안 얼마나 많은 사람들을 만나본 거예요?"

"1000억 명이요."

"예?"

"1000억 명을 만나봤어요. 모두 가지각색의 사람들이었지만, 저를 싫어한 사람은 그동안 아무도 없었어요."

"그러고 보니 아직 그쪽 이름도 모르는데, 이름이 뭐죠?"

"아, 제 이름은…."

"'잠'이에요."

가방을   바꿔요

웅이 메고 있는 가방은 돌로 가득 차 있었다.

이틀 동안 산속에서 부지런히 모은 돌들이었다. 그는 강을 가로지르는 대교 위에서 아래를 내려다보았다. 밤하늘을 비추고 있는 강은 우주처럼 끝이 없어 보였다.

웅은 강 밑으로 깊이 잠기고 싶었다. 다시는 떠오르지 못하도록. 바닥 끝까지. 돌로 가득 채운 가방을 메고 몸을 던질 생각이었다. 웅은 메고 있는 가방이 쉽게 풀리지 않도록 단단히 조이고 난간을 붙잡았다.

"뛰실려고요?"

웅은 옆을 돌아보았다. 중년 남성으로 보이는 사람이었다. 그도 웅처럼 배낭을 메고 있었다.

"신경 쓰지 마세요."

웅이 툭 던지듯 말했다.

"제가 젊었을 때, 그러니까 딱 그쪽 나이일 때 저도 여기서 뛰어내렸어요. 죽을 생각으로요."
"그래서요?"

웅은 남자의 이야기를 진지하게 듣고 싶은 생각이 없었다. 적당히 듣는 척하고 돌려보낸 후 몸을 던지고 싶었다.

"들어줄 거예요?"

남자는 천진난만하게 웃어 보였다.

"좋아요. 얘기해볼게요. 저는 그때 난간 밖에 서서 난간을 붙잡고 있다가 등으로 떨어질 생각이었어요. 심호흡을 몇 번하고 떨어지려고 했는데, 그만 발이 미끄러졌지 뭐에요. 그래서 어떻게 된 줄 알아요?"

"어떻게 됐는데요?"

"난간을 붙잡고 대롱대롱 매달린 모양새가 돼버렸어요. 저는 제 악력이 그렇게 센 줄 몰랐어요. 철봉에도 제대로 매달려 있지 못했던 제가, 이 다리에서 몇 분 동안 매달려 있었다니까요. 저는 그때 이런 생각이 들었어요. '그렇게 죽고 싶어 하더니, 이제 와서 살고 싶은 거야?' 저는 제 안에 그토록 살고 싶어 하는 의지가 있는 줄 몰랐어요. 저에게 삶은 너무 끔찍한 물건이었고, 그것을 버릴 준비가 되어 있다고 생각했었는데, 사실은 아니었던 거죠."

옹은 어느새 남자의 이야기에 빠져들어 있었다.

"손이 팅팅 붓고 실핏줄이 터질 정도로 꽉 잡고 있었는데, 시간이 지나면서 점점 힘이 풀리더니 결국엔 놓치고 말았어요. 자정을 넘긴 시간이어서 신고를 해줄 사람도 없었죠. 저는 그대로 강으로 떨어졌고 몸부림칠 힘도 없어서 쭉 가라앉았는데, 아 이대로 죽는구나 싶었어요. 그렇게 의식이 점점 흐릿해질 때, 갑자기 환청 같은 게 들리는 거예요."

"무슨 환청이요?"

"'네가 죽지 않고 산다면, 딱 한 번 과거로 여행을 보내주겠다.'라는 문장이었어요. 마치 신의 음성처럼요. 그 음성을 듣자마자 갑자기 없던 힘이 솟아나기 시작하면서 젖먹던 힘까지 쥐어짜 헤엄을 쳤고, 겨우 강가로 빠져나왔어요."

"과거로 가고 싶었던 거예요?"

"네. 그랬었죠. 어쨌든 지금보단 낫지 않을까, 과거로 돌아가서 어느 순간을 고치게 되면 나의 인생이 달라지지 않을까 하고 생각했던 거죠. 그런데 있잖아요, 웃긴 게 뭔지 알아요? 정작 제 목숨을 건지고 나니까, 과거로 돌아가고 싶은 생각이 들지 않는 거예요. 죽을힘을 다해서 살려고 하다 보니까, 과거에 대한 미련이 없어졌다고 할까요."

"그래서 그 소원은 어떻게 했어요?"

"소원은 보류해뒀죠. 앞으로 인생을 열심히 살아내다 보면, 자연스럽게 과거를 추억할 때가 있을 테고, 그때 써먹어야겠다고 다짐했어요."

"그 소원… 제가 쓰고 싶네요."

남자는 웅을 보며 제안했다.

"저랑 가방을 바꿔요."

남자가 말했다.

"네? 지금 메고 있는 거요?"

"그쪽은 지금 돌이 가득 들어 있는 가방을 메고 있잖아요."

"어떻게 알았어요?"

웅의 질문에 남자는 그를 빤히 바라보며 웃어 보였다.

"제가 그 돌 가방을 메고 난간에 매달렸을 때 얼마나 힘
들었는지 알아요?"

웅은 지금 이 남자가 무슨 말을 하고 있는시, 이 남자가

45

누구인지 해석하는 데 시간이 걸렸다. 그는 미래의 자신이
었고, 소원을 써서 웅에게 온 것이었다.

"어서 바꿔요."

남자는 메고 있던 가방을 풀고 웅에게 건넸다.

"과자 봉지를 잔뜩 넣어놨어요. 물에 뜨기 쉽게."

웅은 남자와 가방을 바꿨다.

"자 이제 뛰어내려요. 안 볼 테니까."

웅은 멀어져가는 남자의 뒷모습을 바라보다가 다리 밑
으로 몸을 던졌다.

젖꼭지   실종사건

젖꼭지가 도망갔어요.

아홉 살 때였어요. 샤워를 하고 있는데, 갑자기 젖꼭지 두 개가 제 몸에서 똑 떨어져 나갔어요. 그리고 걔네한테 양팔이랑 다리가 솟아나더니 서로 손을 잡고 창문으로 도 망가는 거예요.

"네 몸은 너무 좁아. 우린 세상을 여행할 거야."

그렇게 말하곤 떠나버렸어요. '도대체 왜 남자한테 젖꼭 지가 달려 있는 걸까?'라고 생각하며 가끔씩 그것의 쓸모

47

를 점쳐보는 일도 있었는데, 그렇다고 이렇게 떠나버리라는 의미는 아니었어요.

어린 마음에 저는 덜컥 겁이 나기 시작했어요. 제 친구들은 모두 달려 있는데 저만 없었으니까요. 젖꼭지가 없어서 웃통을 까지 못하고 남몰래 눈물을 훔치는 남자애를 떠올려보세요. 당신은 아마 비웃을지도 모르죠. 하지만 그걸 아셔야 해요. 그때 당시 그 애는 세상에서 가장 심각한 고민에 빠져 있었다는 걸.

대부분의 사람들은 자신의 약점을 가리는 데 급급해요. 누군가 자신의 결점을 눈치채진 않을까 조마조마하면서 그것을 감추는 데 에너지를 다 써버려요. 제발 그것만은 눈치채지 말아줘. 제발. 이러면서요.

그 에너지를 자신의 강점으로 돌릴 생각을 못 하는 거예요.

더한 비극이 있죠. 젊은 시절에 이런 경우가 많아요. 젊은 사람들일수록 자신의 결점을 용서하기가 힘들고, 강점은 아직 발견하기 전이거든요.

무슨 낯짝으로 이런 이야기를 하냐고요? 제가 그랬었으니까요.

단지 젖꼭지가 없었을 뿐인데. 그것도 남자한테 하등 쓸모없는 것인데도 저는 한없이 의기소침했어요. 뭐든지 중간만 가면 다행이라는 마인드였고, 어느 것 하나 진취적으로 도전해본 일이 없었어요. 저의 자존감은 늘 바닥을 맴돌고 있었어요. 꽤 오랫동안 유지됐죠. 그 영상을 보기 전까지요.

편의점에서 아르바이트를 하고 있는데, 제 핸드폰에 그 영상이 떴어요. 젖꼭지가 네 개 달린 어떤 인도인인데, 사람들이 그를 영험한 구루로 떠받들고 있더라고요. 단지 젖꼭지가 네 개라는 이유만으로요. 저는 그 짧은 영상만 봐도 알 수 있었어요. 저 중에 아래에 달린 두 개는 제 꺼라는 걸. 색깔도 크기도 그때 도망갔던 녀석들 모습 그대로였거든요.

저는 분했어요. 저의 젖꼭지를 훔쳐가 사람들한테 칭송받는 인도인이 아니꼬웠어요. 씩씩거리며 영상을 계속 돌려보고 있는데, 그때 문득 이런 생각이 들었어요.

'네 개인 거랑, 하나도 없는 거랑 뭐가 다르지?'

젖꼭지가 네 개여서 특별한 거면, 아예 없는 것도 특별한 거 아닌가? 저는 그 질문 하나로 그동안 제 마음을 옭아매고 있던 족쇄를 박살 내버렸어요. 제가 결점이라고 생각하는 것을 숨기지 않고 당당해지자 머릿속에서 온갖 계획이 팝콘처럼 튀어 올랐고 저는 하나씩 실행했어요. 운동을 시작하고 자연스럽게 스포츠 모델이라는 직업도 알게 됐어요.

그리고 지금은 그 누구도 대체 불가한 제가 되었죠. 세상에 스포츠 모델은 많지만, 젖꼭지가 없는 스포츠 모델은 없거든요.

더 재밌는 건, 20년 전에 집 나갔던 젖꼭지가 얼마 전에 저를 다시 찾아왔다는 거예요. TV에 나온 저를 봤다면서, 전에는 미안했다고 다시 함께 하고 싶다며 아양을 떨기 시작했어요. 그래서 저는 웃으며 이렇게 말했죠.

"꺼져."

개미의 　　　　 노래

'그래도 겨울은 온다.'

거실 벽에 높다랗게 걸려 있는 액자 속 가훈이 나를 내려다보았다. 개미들 중에서도 부지런하다고 소문난 아버지, 양식을 쌓아둔 창고 앞에 매일같이 절을 하는 어머니 밑에서 나는 자랐다.

아버지는 먹이를 나르면서 흘리는 땀과 피를 신성하게 여겼고, 어머니는 여름 동안 쌓아둔 먹이를 천천히 음미하며 벽난로 앞에 앉아 안락한 겨울을 맞이하는 것을 인생의 미덕으로 여겼다. 그렇다고 기계처럼 일만 하는 것은 아니었다. 그들은 교양과 여가를 즐길 줄 아는 현명한 개미였다. 아버지는 베짱이가 쓴 시를 읽고 감동하여 훌쩍거렸고, 어머니는 베짱이의 코미디 공연에 자지러지게 웃고 자빠지는 것을 즐겼다.

그러던 어느 날, 내 머릿속에 한 문장이 떠올랐다. 아버지를 따라 먹이를 나르던 중에 곰팡이처럼 피어난 이 생각은 순식간에 나를 집어삼키고 말았다.

'베짱이처럼 살고 싶어!'

빵가루를 실어 나르고 있던 나의 허리는 휠대로 휘어 있었지만, 마음속에 울려 퍼진 그 문장은 진통제가 되어 고통을 잊게 해주었다. 먹이를 나르지 않고도 개미들에게 즐거움을 제공하고 그들이 가져다 바치는 먹이로 살아가는 베짱이들. 나는 알게 모르게 그들을 시샘하고 있던 것이다.

육체가 아닌 영혼의 일. 반복적인 노동이 아닌 개성을 꽃피우는 일. 나에게 머나먼 것처럼 느껴졌던 일들이 어느새 내 곁으로 다가와 귓가에 속삭였다.

'너라고 못할 게 뭐 있어?'

그날 저녁, 나는 가족들 몰래 집에서 빠져나와 베짱이 '아티'를 찾아갔다.

"아티. 저는 먹이를 나르며 매일같이 당신의 노래를 속으로 흥얼거립니다."

나는 그녀의 앞에 무릎을 꿇고 말했다.

"당신은 모르겠지만 공연을 쫓아다닌 적도 있습니다. 저도 당신처럼 곤충들의 지친 영혼을 달래는 음악을 하고 싶습니다. 제게 노래를 가르쳐주십시오."
"개미를 가르쳐본 적은 없다만."

아티가 뜸을 들이다 말했다.

"그것도 나름 재밌을 것 같구나."

그날 이후, 나는 밤마다 몰래 집에서 빠져나와 아티의 집을 찾아갔다. 호흡과 발성, 곤충들의 심금을 울리는 가사를 쓰는 법, 고음을 손쉽게 올리는 법까지. 그녀는 비법을 아낌없이 전수해주었고 나는 기쁜 마음으로 받아들였다.

"지금 뭐하고 있는 게냐?"

방문을 걸어 잠가 나뭇가지를 마이크 삼아 노래 연습을 하던 중, 아버지가 방문을 부수고 들어왔다.

"갑자기 부르지도 않던 노래를 부르고 말이야. 밤마다 보이질 않던데, 혹시 베짱이의 공연을 쫓아다니는 거냐?"

아버지의 호통에 나는 덜컥 겁을 먹고 그에게 모든 것을 솔직하게 털어놓았다. 이야기를 들은 아버지는 가장 자신 있는 노래 하나를 불러보라며 팔짱을 끼고 내 앞에 앉았다.
나는 목을 가다듬고 나뭇가지를 움켜쥐고 노래를 불렀다. 잠자코 듣고 있던 아버지는 노래가 끝나자 나뭇가지를 획 뺏어 들어 반으로 두 동강을 내고 바닥에 내팽개쳤다.

"그렇게… 형편없었나요?"

내가 물었다.

"아니, 형편없진 않았다. 차라리 그랬으면 좋았을 텐데."
아버지가 말했다.

"형편없지도 않고, 특출 나지도 않다. 말 그대로 '애매한
재능'을 가지고 있는 게지. 그것은 너에게 독이 될 뿐이다.
네게 괜한 희망을 심어주고 너를 비참하게 만들고, 굶주리
게 만들고, 추위에 떨게 만들 뿐이야. 시간이 지나면 이 아
비의 말이 전부 이해가 될 거다."

"그렇지만… 아버지도 밤마다 시를 낭독하시잖아요."

나는 풀이 죽은 목소리로 말했다.

"시를 읊다가 눈물을 흘리는 모습을 분명 본 적 있는걸요."
"어리석은 소리. 그것을 즐겨 읽는 것뿐이지 쓰는 것은
아니지 않느냐?"

아버지가 말했다.

"얼마 전 베짱이 한 마리가 술집에서 쫓겨난 일이 있었다. 술을 왕창 들이켜놓고선 값을 지불할 먹이가 없어 난동을 부리다가 주인 개미가 쫓아낸 게지. 누더기 옷을 감싸 쥐고 비틀비틀 걸어가는 그의 뒷모습을 나는 두 눈으로 똑똑히 보았다. 그가 아침 일찍부터 밤늦게까지 종일 하는 일이 무엇인지 아느냐? 바로 시를 쓰는 일이란다."

그날 밤, 나는 베개에 얼굴을 파묻고 펑펑 울었다. 곤충들에게 즐거움을 주는 베짱이는 극히 일부에 불과하며, 대부분은 겨울이 되면 집 문을 두들기고 구걸을 하러 다닌다고 아버지는 쐐기를 박았다. 눈물로 밤을 지새운 다음 날, 나는 아티를 찾아가 아버지와 나눈 대화를 들려주었다.

"너희 아버지 말씀이 옳다. 전부 맞는 말이야."

아버지의 말이 틀렸다는 것을 증명해주기를 은근히 기대하고 있던 나는 깊은 실망에 빠졌다.

"내가 이렇게 말하는 이유를 아느냐?"

아티가 물었다. 나는 고개를 가로저었다.

"네가 내게 찾아와 그것을 고민이랍시고 질문한다는 것이 아버지의 말이 옳다는 증거다. 네가 진정으로 음악을 사랑했다면 아버지의 말은 한 귀로 듣고 한 귀로 흘려보냈어야만 하지. 겨우 그 정도 으름장에 흔들려서 불안에 떨고 눈물을 흘리며 나를 찾아온 순간부터 너는 아버지의 말이 옳다는 것을 증명한 꼴이다.

애매한 재능이 독이 되는 것이 아니다. 애매한 열정, 애매한 확신, 음악에 대한 애매한 사랑이 독이 되는 것뿐이지. 너의 눈빛을 보아하니 너는 음악을 수단으로 삼고 있구나. 안락한 삶에 대한 수단으로 말이야. 그것은 결코 그런 물건이 아니다. 음악을 포함한 모든 예술은 수단이 아닌 그 자체로 목적이 되어야만 한다. 먹이를 구하기 위해 음악을 하는지, 음악을 하기 위해 먹이를 구하고 있는지, 스스로에게 질문을 던져보아라. 너에게 해줄 말은 이것뿐이다. 이만 돌아가 보거라."

나는 집으로 돌아가는 길에 아티의 조언을 곱씹었다. 밤 하늘엔 별들이 여느 때처럼 간격을 유지한 채 밝게 빛나고 있었고, 거리엔 공연하는 베짱이들이 늘어져 있었다. 개미 들은 옹기종기 모여 그들의 춤과 노래, 시 낭독을 감상했다.

그때 구석에서 기타를 튕기는 베짱이 한 마리가 눈에 들 어왔다. 머리가 하얗게 센 늙은 베짱이의 기타 연주는 수 준급이었지만 구경하는 개미는 없었다. 나는 그의 앞에 다 가가 나뭇잎을 깔고 앉아 연주를 감상했다. 밤의 공기에 기타 연주가 녹아들어 내 몸에 스며들었고 기분 좋은 소름 이 돋았다. 한 곡의 연주가 끝나고 나는 박수를 쳤다.

"감사합니다."

늙은 베짱이가 고개를 숙이며 말했다.

"얼굴에 근심이 가득해 보이는데. 어떤 고민에 휩싸여 있나요?"

베짱이의 날카로운 질문에 나는 우물쭈물 하다 말했다.

"이상과 현실, 둘 중에 무엇을 택해야 할지 고민입니다."

"음, 글쎄요. 둘 다 필요하지 않을까요? 삶을 살아가는 데 모두 필요한 것들이니까요."

베짱이가 말을 이어갔다.

"기타를 연주할 때 손가락과 기타 줄이 모두 필요한 것처럼 말이죠. 손가락 없이는 기타를 치지 못하고, 기타가 없는 손가락은 허공을 튕길 뿐이니까요."

그가 기타 줄을 튕겨 아름다운 화음을 만들어냈다.

"누가 당신에게 둘 중 하나를 택하라 했나요?"

베짱이가 물었다. 나는 어린아이처럼 무릎을 끌어안은 채 아버지와 아티에 대한 이야기를 그에게 들려주었다. 그는 인자한 미소를 지으며 나의 이야기를 묵묵히 들어주었다.

"이야기를 들어보니,"

베짱이는 깊게 생각에 잠긴 표정이었다.

"그 어디에도 선택하라는 강요는 없군요. 그들은 그저
이상과 현실을 알려준 고마운 분들이에요. 당신에게 손가
락과 기타 줄이 있다는 것을 그들이 알려주었으니, 당신은
삶을 연주하는 일만 남았네요."

그는 말이 끝나기 무섭게 다음 곡을 연주하기 시작했다.
나는 늙은 베짱이의 기타 연주 위에 살며시 노래를 얹었다.
지금껏 한 번도 부른 적 없던 노래였다.

꼬리를 　　　먹는 뱀

여기, 한 마리의 뱀이 있습니다.

무척 외로운 뱀이었습니다. 그가 다가가면 동물들은 하나같이 부리나케 달아났기 때문입니다.

손과 발이 없는 뱀의 유일한 의사소통 도구는 입뿐이었습니다. 그가 입을 활짝 벌리고 다가가면 동물들은 자신을 사냥하는 것으로 착각하고 줄행랑을 쳤습니다. 뱀은 자신의 인사를 공격으로 오해하는 동물들로부터 자연스레 멀어졌습니다. 고립된 뱀은 땅에 떨어진 열매를 주워 먹으며 쓸쓸히 살아갔습니다.

저 멀리엔 자신으로부터 도망친 동물들이 오순도순 모

여 숲의 잔치를 즐기고 있었습니다.

뱀은 그 모습을 멀찍이 숨어 지켜보았습니다. 외로움으로 시작된 뱀의 감정은 결국 그들을 향한 증오로 바뀌고 말았습니다. 뱀은 결심했습니다. 인사를 공격으로 받아들이는 그들에게, 어차피 오해받을 거, 진짜로 공격을 해버리겠다고 말입니다.

뱀은 잔치를 즐기고 있는 동물들을 기습하기 위해 꽈리를 틀고 있던 몸을 풀었습니다. 은밀하게 다가가려던 그때, 눈앞에 한 동물이 나타났고 뱀은 그 동물을 덥석 물었습니다. 그동안의 설움을 갚는 심정으로 뱀은 그놈을 목구멍으로 꿀떡꿀떡 넘겼습니다. 그것이 자신의 꼬리인 줄도 모르고 말입니다.

잔뜩 흥분한 뱀은 자신의 꼬리가 먹히고 있는 고통도 느끼지 못하고 사정없이 꼬리를 목구멍으로 넘겼습니다. 어느새 몸의 절반이나 먹어 치운 뱀은 졸지에 꼼짝도 못하는 몸이 되어버렸습니다. 동그란 모양이 된 뱀은 뒤늦게 알아차렸습니다. 자기가 자기를 먹고 있었다는 사실을.

발버둥 치며 상황을 벗어나려 했지만 소용없었습니다. 그럴수록 자신의 몸이 더 깊숙이 목구멍으로 들어갈 뿐이었습니다.

저 멀리서 잔치를 마친 동물들의 무리가 다가왔습니다.

"야, 쟤 좀 봐!"

뱀을 발견한 여우의 외침에 동물들이 우르르 몰려와 그를 둘러싸고 깔깔대며 웃었습니다. 뱀은 몰려오는 수치심에 몸을 숨기려 더욱 발악했습니다. 그럴수록 동물들은 배꼽을 부여잡고 더 크게 웃을 뿐이었습니다.

뱀은
　눈물을
　　흘렸습
　　　니다.
　　　　뱀은
　　　　　눈물
　　　　　　을흘
　　　　　　　렸습
　　　　　　　　니다.

뱀은

　　눈물

　　　을흘

　　　　렸습

　　　　　니다.

　　　　　　뱀은

　　　　　　　눈물

　　　　　　을흘

　　　　　렸습

　　　　니다.

　　　뱀은

　　눈물

　을흘

렸습

니다.

여기, 한 마리의 뱀이 있습니다.

그는 꼬리를 먹는 뱀입니다.

64

저기요,   길 좀 물을게요

"저기요, 길 좀 물을게요."

산을 오르던 나는 갈림길 앞에서 멈춰섰다. 그 앞에 한참을 서 있다가 저 멀리서 나무를 베고 있는 지게꾼을 발견하고 그에게 길을 물었다.

"무슨 길?"

지게꾼이 되물었다.

"이 산 정상 부근에 도사님 한 분이 있다고 들었는데, 그 분이 머무는 곳으로 가려면 어디로 가야 하나요?"

"아, 그 뒷방 늙은이."

지게꾼은 도끼를 내려놓고 땀을 훔치며 말했다.

"저기로 쭉 올라가면 돼."

"감사합니다."

나는 감사 인사를 하고 그가 가르쳐준 길로 발을 디뎠다.

"저기, 젊은 양반."

지게꾼의 목소리에 나는 뒤돌았다.

"그 도사인지 도사견인지 그 양반이 그렇게 대단해?"

"왜 그러세요?"

"아니, 사람들이 다들 그 양반한테 가는 길을 묻길래. 한 두 번도 아니고 수백 명이 말이야."

"아, 저도 자세히는 모르는데. 소문이 자자해요."

"어떤 소문?"

"지혜로운 분들 중에서도 가장 지혜롭다는 소문이요. 삶에서 길을 잃은 사람들이 각자의 고민을 안고 그분을 찾아가 조언을 구한대요. 남녀노소 안 가리고요."

"효과가 있대?"

"네. 두 눈에 생기가 돌고 의욕을 되찾아서 일상으로 돌아간다는데요."

내가 말을 마치자 그는 다시 말없이 도끼질을 하기 시작했다. 툭. 툭. 툭. 투박한 도끼질 소리가 적막한 산속에 울렸다.

"죄다 등신들이네."

그가 말했다.

"네?"

"등신들이라고. 등신 중에서도 상등신들."

그는 그런 말을 해놓고 아무렇지 않다는 듯 도끼질을 멈추지 않았다. 나는 무시하고 가던 길을 갈까 하다가 참지 못하고 입을 열었다.

"등신이라뇨?"

"남한테 조언이나 구하고 자빠져 있는 게 등신이지 뭐야."

나는 열이 뻗쳐서 그에게 성큼성큼 다가갔다.

"조언을 구하는 게 뭐 잘못된 일인가요?"

"아니. 잘못된 건 아니지. 그냥 미련한 짓일 뿐이지."

"무슨 근거로요?"

"이봐. 내가 지금껏 살면서 느낀 게 하나 있는데, 그게 뭔지 알아? 사람들은 이미 답을 알고 있어. 각자가 이미 각자만의 답을 알고 있다고. 그런데 답을 알면서도 도통 움직이질 않아.

그래놓고 한다는 게 뭔지 알아? 자기보다 지혜롭다고 생각하는 사람한테 가서 조언을 구하는 거야. 그러고선 이미 자기가 알고 있는 답을 그 잘난 현자의 입을 통해서 듣지. 그리고 이렇게 생각해.

아, 역시 내가 틀리지 않았구나. 그렇게 집으로 돌아가서 잠자리에 누워 숙면을 취하지. 그리고 아침에 눈을 뜨면 어제의 그 기분은 온데간데없고 평소처럼 악몽을 되풀이 해. 그 이유는 딱 하나야. 걔네는 움직일 생각이 없거든. 이게 등신이 아니면 뭐야?"

나는 지게꾼의 독백을 묵묵히 들었다. 딱히 반박할 말이 떠오르지 않았다. 그러나 내 기분은 이미 엉망이었고, 그에게 심한 모욕을 주고 싶었다. 그래서 나는 이렇게 말했다.

"그렇게 잘나신 분이 여기서 지게나 매고 계시네요."

나는 뒤돌아서 다시 산길을 올랐다. 한동안 씩씩거리며 걷다가, 지게꾼에게 한 방 먹였다는 그 못난 쾌감이 단전으로부터 올라와 몸이 부르르 떨렸다. 그와의 대화를 곱씹으며 오르다 보니 어느덧 현자가 머무는 집에 도착했다. 아담한 한국식 전통 가옥이었다.

"계세요?"

조심스럽게 건물 안으로 들어가자 한 여성이 나를 맞았다.

"저… 혹시 도사님?"
"아, 아니에요. 저는 그분 제자예요."

자신을 제자라고 소개하는 여성이 웃으며 말을 덧붙였다.

"스승님은 지금 땔감이 다 떨어져서 나무하러 가셨어요."

안 아프게   죽여줘

"안 아프게 죽여줘."

어느 날, 친구가 내게 말했다. 갑자기 그게 무슨 소리냐고 나는 되물었고, 그는 최대한 아프지 않게 자신을 죽여달라고 말했다.

"마지막 부탁이야."

친구는 간절한 눈빛으로 나를 올려다보며 말했다.

"아무리 그래도 죽여달라니."

"네가 나의 불안을 이해할 수 있다면. 생각이 달라질 거야."

"불안은 현대인의 만성질환이야."

"내 불안은 달라."

친구는 단호했다.

자신이 이토록 망가지게 된 과정을 친구는 차근차근 설명해주었다. 함부로 입에 담기 힘든 가족사, 군대에서 있었던 성폭행과 가혹행위, 대인기피증으로 인한 사회생활 불가, 두 달에 한 번꼴로 집 밖을 나설 정도의 폐인력. 그는 자신이 고장 난 장난감 인형 같다고 말했다.

"너밖에 없어서 그래. 부탁이야."

그가 나의 양손을 부여잡으며 말했다.

"그래. 다 좋은데."

그는 내 다음 말을 기다렸다.

"이걸… 왜 나한테 부탁하는 거야?"

"너가 나를 제일 잘 아니까. 그리고…."

친구는 눈물을 글썽이며 말했다.

"외로워서. 외로워서 그래. 죽는 순간에 누군가 옆에 있어
주면 덜 외로울까 싶어서. 그리고 아픈 건 싫으니까. 안 아프
게 죽여달라고 부탁하는 거야. 이기적으로 비춰질 거 나도
알아. 하지만 어떡해. 외롭고 아픈 게 죽기보다 싫은데."

나는 결국 그의 마지막 부탁을 들어주기로 했다.

자료를 찾아보니 고통 없이 죽는 방법이 생각보다 꽤 많
다는 것을 알게 되었다. 그러나 대부분의 준비물은 구하기
어려워서, 나는 그나마 가장 쉬운 번개탄을 채택했다. 친
구가 오래도록 병원을 들락거리며 처방받아 모아놓은 수
면제는 덤이었다.

장소는 바닷가에 있는 한 펜션이었다. 연고지와 최대한
멀리 떨어진 곳으로, 친구가 직접 고른 곳이었다. 나는 번
개탄과 수면제가 든 가방을 메고 친구와 함께 기차와 마

을버스를 타고 펜션까지 갔다. 파도가 보이는 거실의 창을
뒤로하고 나는 곧바로 욕조에 따뜻한 물을 받았다.

"준비됐어?"

속옷만 걸친 친구는 고개를 끄덕거렸다. 나는 번개탄을
피웠다. 그는 욕조 속으로 몸을 담그고 수면제 스무 알을
쥐고 있는 손을 펼쳐 보였다.

나는 마지막으로 친구와 눈을 맞추고 생수를 건넸다. 그
는 심호흡을 한 번 하더니 수면제를 모두 입안에 털어놓았
다. 그리고 물을 벌컥벌컥 마시고 스르르 눈을 감았다. 나
는 뒤로 물러서서 문을 닫고 나갔다.

문밖에 서서 귀를 대고 소리를 들었다. 아무런 소리도 들
리지 않았다. 나는 침대에 걸터앉아 고개를 숙이고 눈을 감
았다. 방파제를 쓰다듬는 파도의 소리가 이곳까지 들렸다.

그는 나의 가장 오래된 친구였다. 내 머릿속에 떠오른
것은, 그가 미소를 짓고 있던 순간들이었다. 왜인지는 모
르겠지만, 그 많고 많은 장면들 중에서 그가 웃고 있는 모
습들만 떠올랐다. 나는 눈을 감고 오래도록 그의 미소들을

마주했다.

나는 벌떡 일어나 욕실로 달려가 문을 열었다. 욕실은 사레들린 사람처럼 일산화탄소 연기를 뱉어냈다. 나는 연기를 뚫고 달려가 욕조에 있는 친구를 끄집어냈다.

"야, 전석현. 석현아!"

나는 그를 흔들어 깨우며 소리쳤다. 친구는 흐리멍텅한 눈으로 나를 바라보았다. 나는 그를 변기 앞으로 데려가 목구멍에 손가락을 찔러 넣어 토를 하게 만들었다. 소화가 덜 된 수면제가 위액과 함께 쏟아졌다.

겨우 일어난 친구는 거울 앞으로 가서 거울 속 자신과 눈을 맞췄다.

"석현아."

그가 거울 속의 자신에게 말했다. 그의 정체는 바로 나였다.

내가 그였고, 그가 나였다.

내 안의 또 다른 나.

나의 가장 친한 친구는 바로 나였다.

"나는 아직…."

나는 거울 속의 나에게 말했다.

"너랑 헤어질 준비가 안 됐어."

고개 숙인   소녀

　길바닥에 쭈그려 앉아 무르팍에 고개를 푹 꽂은 소녀가 있었다. 반나절을 같은 곳에 앉아 고개를 숙이고 있는 소녀에게 어른들은 물었다.

　"꼬마야. 부모님은 어디 계시니?"

　그러나 소녀는 대답하지 않았다. 소녀는 계속해서 어른들의 발목을 붙잡았다. 아니, 어른들이 자발적으로 붙잡힌 쪽에 가까웠다.

　고개 숙인 소녀를 보고 그냥 지나치는 것은 매정한 어른이라는 증거였고, 그들은 자신들이 그렇게 되는 것이 죽기보다 싫었기 때문에 멈춰 서서 말을 걸었다. 그러나 여전히 소녀는 어른들의 질문에 대꾸하지 않았다.

여기저기서 소녀의 사정을 추측하는 수군거리는 소리가 들려왔다. 가정폭력을 당한 건 아닐까, 혹은 고아가 아닐까. 그녀에게 어떤 아픔이 있을까.

동정 섞인 여러 소문이 돌았다. 공통점은 모두 흉흉하고 안타까운 사연들이라는 것이었다. 어떤 어른은 불쌍한 소녀를 위해 묵주를 쥐며 그녀 앞에서 기도문을 읊기도 했고, 다른 어른은 멀리서 소녀를 바라보며 자신을 투영시켜 눈물을 흘리기도 했다.

그날도 소녀는 고개를 숙이고 앉아 있었다. 그때, 한 어른이 다가와 소녀의 옆에서 함께 쭈그려 앉았다. 그러고는 소녀에게 말을 걸었다.

"개미를 보고 있구나."

소녀는 천천히 고개를 들어 옆에 앉은 남자의 얼굴을 빤히 쳐다보다가 입을 열었다.

"네."

"재밌지. 개미를 관찰하는 건."

"아저씨."

소녀는 남자를 올려다보며 물었다.

"어른들은 왜 저를 불쌍하게 보면서 안절부절못할까요? 저는 그냥 개미를 구경하고 있었는데요."

"사람들이 너를 불쌍하게 바라본다고?"

"네. 어떤 어른은 저를 위해 기도를 하고, 어떤 어른은 울기도 했어요. 제가 고아여서 불쌍하대요. 저는 집도 있고 부모님도 있는데 말이에요."

"혹시 어른들이 모두 서 있었니?"

"서 있었냐고요?"

"응. 나처럼 네 옆에 앉은 어른이 없었는지 묻는 거야."

"네. 다들 서 계셨어요."

"그러면 네가 개미를 구경하고 있다는 걸 몰랐겠구나. 그래서 이런 말도 안 되는 추측을 한 거야. 어른들은 키가 너무 커버려서 땅바닥에서 무슨 일이 일어나는지 따위엔 별 관심이 없거든."

"그럼 제가 뭘 하고 있는지 물어보면 되잖아요. 아저씨
처럼요."

"……."

"그런데 자꾸 이상한 거만 물어보니까 대답을 안 했어요."

"어른들에겐 이상한 습관이 있어."

남자는 한 템포 뜸을 들이곤 말했다.

"상대와 제대로 대화를 해보기도 전에 자기 입맛대로 넘
겨짚는 습관이지."

"그게 무슨 말이에요?"

"그러니까 이런 거야. 어른들은 고개를 숙이고 있는 널
보고 불쌍하게 여겼지. 개미를 구경하고 있을 거라고는 꿈
에도 모른 채 말이야. 그들이 조금이라도 고개를 숙여서
너의 시선을 따라갔다면 헛된 망상들이 사르르 녹아내렸
을 텐데."

"그럼 아저씨는 뭐예요? 왜 다른 어른들이랑 다른 거
예요?"

"나는."

남자는 자리에서 일어나며 말했다.

"한때 어린이였던 어른이지."

"그건 다른 어른들도 마찬가지인데요."

"나는 조금 달라. 그들은 그 사실을 잊어버렸고, 나는 기억하고 있거든."

"그걸 어떻게 잊어버려요? 바보도 아니고."

"어른들은 모두 바보야."

잘못 탄   열차

망했다.

열차를 잘못 탔다. 한참 전에 출발한 열차는 내 속도 모르고 힘차게 달리고 있었다. 나는 핸드폰을 꺼내 여행 일정을 적어둔 메모 앱을 켜고 열차의 노선과 번갈아 보며 확인했다. 아, 확실해. 잘못 탔어. 어떡하지. 나는 창밖을 바라보며 한숨을 푹푹 내쉬었다.

내 옆자리에 앉은 남자는 얇은 책을 읽고 있었다. 나는 풍경을 구경하는 척하며 창문에 비친 그의 책을 유심히 보았다. 책의 표지엔 한글로 된 제목이 적혀 있었다.

"한국 분이신가요?"

"아, 네."

그가 읽고 있던 시집을 덮으며 내게 물었다.

"그런데 무슨 일 있으세요? 아까부터 한숨을 계속 쉬시
던데."

"열차를 잘못 탔어요. 폭포 볼 생각에 설레서 잠도 못 잤
는데…."

"여행 일정 좀 보여주실 수 있나요?"

나는 핸드폰을 켜서 보여주었다. 그는 말없이 읽어 내려
가며 고개를 끄덕였다.

"잘못 타셨네요."

남자가 웃으며 말했다.

남의 일이니까 우스운 거야. 그치?

"어떡하면 좋죠."

"글쎄요. 그나저나 여자 혼자 여행하기 조금 무서울 수
도 있는데, 대단하시네요."

"그쪽도 여행 오신 거예요?"

"저는 여기서 살아요."

남자는 일본에 머문 지 다섯 달이 지났고, 일식의 대가
인 셰프 밑에서 요리를 배우고 있다고 말했다.

"폭포를 못 보셔서 많이 아쉽겠어요. 거기 완전 장관인데."

"에휴. 그러니까요."

"그래도 이 열차 도착지에 볼만한 곳이 있어요. 역에 내
려서 버스를 타고 좀 더 들어가면 활화산이랑 온천 호수가
있거든요? 거기를 한번 가보시는 게 어때요?"

그는 상심에 빠져 있는 내 모습이 안타까워 보였는지 다
른 여행지를 소개해주었다. 나는 처음엔 건성으로 고개를
끄덕이다가 남자의 범상치 않은 영업 실력에 홀라당 넘어
가버려 어느 순간부터 주의 깊게 듣고 있었다.

다섯 달 동안 요리를 배우면서 틈틈이 이곳저곳 여행을 다녔던 그는, 직접 찍은 사진들을 보여주며 그곳에서 있었던 해프닝들을 들려주었다.

아, 요리를 배운다더니. 얘기도 참 맛깔나게 잘하네.

나는 어느새 폭포에 대한 미련은 사라지고, 활화산과 온천 호수, 오코노미야키 맛집에 대한 기대감으로 가득 찼다.

"가이드 하셔도 되겠어요."

"지금 하고 있잖아요."

우리는 잠을 자는 승객들의 눈치를 살피며 킥킥거렸다. 대화를 마치고 우리는 각자의 공간으로 돌아갔다. 나는 이어폰을 꽂고 노래를 들으며 창밖 풍경을 바라보았고, 그는 다시 시집을 읽기 시작했다.

시간이 얼마나 흘렀을까. 남자가 나의 어깨를 톡톡 치면서 말했다.

"재밌는 이야기 해드릴까요."

"네?"

나는 한쪽 이어폰을 빼며 말했다.

"이제 곧 내리셔야 해요."

그가 옅게 장난기 섞인 웃음을 지으며 말했다.

"폭포 보러 가셔야죠."

나는 잘못 들었나 싶어 반대편 이어폰도 마저 뽑았다.

"무슨 소리예요?"
"열차를 제대로 타셨어요."

남자의 말을 들은 내 얼굴에는 의아함이 떠오른다.

"열차를 잘못 탄 게 아니라, 일정에 목적지를 잘못 적으셨던데요. 거긴 제가 말한 활화산이랑 온천 호수로 유명한 곳이에요. 오히려 일정에 적힌 대로 열차를 제대로 탔으면 폭포는 물 건너갔을 거예요."

나는 그를 멀뚱멀뚱 바라보았다.

"장난쳐서 죄송해요. 그런데 잘못 적으신 그곳도 꼭 가보세요. 오코노미야키 진짜 맛있으니까."

나는 다음 역에서 내렸다. 열차에 남아 있는 남자는 창밖을 향해 손을 흔들어 보이고 다시 시집을 읽기 시작했다.
나는 배낭을 고쳐 메고 폭포로 향했다.
내일은 오코노미야끼를 먹으러 가야겠다.

아, 씨발　　　알아서 할게요

"그래서 민찬이는 꿈이 뭐냐?"

큰아빠, 큰엄마, 작은 아빠, 작은 엄마, 고모부, 고모. 김창옥 여사의 구순 잔치를 파하고 고모의 집으로 자리를 옮긴 뒤풀이 현장. 얼떨떨하게 취기가 오른 이 여섯의 어른들은 이제 곧 고등학교에 올라가는 민찬의 앞에 둘러앉았다.

"아직 없는데요."
"뭐? 꿈이 없어?"

작은 아빠는 자신의 질문에 돌아오는 대답이 마음에 들지 않은 듯했다.

"빨리 찾을수록 좋아."

작은 엄마가 옆에서 거들었다.

"그래야 빨리 넘어지고 일어서면서 남들보다 앞서 가지."

"맞아. 내가 하려던 말이 그거였어."라며 작은 아빠는 한 손으로 아내의 허벅지를 세게 주물렀다. 그녀는 얼굴을 찡그리며 남편의 손등을 비틀어 꼬집었다.

"의사가 최고다."

고모가 귤 한 조각을 입 안에 넣고 오물거리며 말했다.

"사람 생명도 구하고, 돈도 많이 벌고. 이런 직업이 어딨니."

그녀는 마치 의사가 되는 일이 동네 편의점에서 일하는
것과 비슷한 난이도의 일이라는 듯이 태연하게 말했다.

"다른 건 다 좋은데."

큰아빠가 나지막이 말했다.

"예체능 쪽은 쳐다도 보지 마라. 딴따라가 괜히 있는 말
이 아니다."

옆에 앉은 그의 아내는 마룻바닥에 시선을 고정한 채로
마른오징어를 질겅질겅 씹었다. 그녀는 소싯적에 성악을
했었다.

"야, 민찬아."

고모부가 반쯤 풀린 눈으로 올려다보며 말했다.

"너 남자냐?"

"네."

"그럼 인마. 사내는 자고로 사업을 해야 되는 거야."

그는 조카의 머리를 두어 차례 쓸어내리며 말했다. 술과
담배 냄새가 섞인 입김이 민찬의 코를 노크했다.

"제발. 제발. 니 사업이나 잘하세요."

발가락을 웅크린 고모가 다리를 들어 남편의 옆구리를
밀치며 말했다. 자리에 있던 어른들이 모두 웃었다.

민찬은 생선이었다.
회 치는 게 좋을지,
매운탕을 끓이는 게 좋을지,
구워 먹는 게 좋을지.
수군거리는 어부들 앞에 놓인 힘없는 생선.

이 모든 대화는 조카를 위한 진심 어린 조언이라기보단,
본인들의 뒤틀린 욕망을 투영시키는 쪽에 가깝다는 것을

민찬은 잘 알고 있었다. 문제는 그가 그것을 흘려 들을 정
도로 너그럽지 않다는 것이었다. 그는 열여섯 살이었다.

"배우는 어때?"
"배우 같은 소리 하네. 야, 얘가 배우 할 상판이냐?"
"그럼 모델은? 키 하나는 크잖아. 민찬아. 키가 몇이지?"

작은 엄마가 민찬의 무릎을 어루만지며 물었다. 그는 대
답하지 않았다. 키가 몇인지 듣기 위해 어른들이 그의 입
에 시선을 고정했다. 민찬은 한숨을 내뱉고 입을 열었다.

"아, 씨발. 제가 알아서 할게요. 거참. 쫑알쫑알 시끄러워
죽겠네."

일동 어른들의 눈이 두 배로 커졌다. 그들은 감싸고 있
던 취기가 자취를 감췄다.
혹시 잘못들은 건 아닌지, 고모부는 귀에 들어간 물을
빼듯이 자신의 오른쪽 귀를 손뼉으로 툭툭 쳤다. 거실 바
닥은 순식간에 얼음장으로 변했다.

민찬은 어른 여섯을 한 바퀴 둘러보고선 씨익 웃으며 말했다.

"배우, 해도 되겠죠?"

웃음   주사

"왜 자꾸 실실 쪼개 신대리?"

"…네? …푸흡."

"내가 심각한 얘기하는데, 아까부터 계속 실실 웃잖아.
입 가린다고 내가 모를 줄 알았어?"

"아, 그게 아니라… 키킥."

"싸우자는 건가?"

"아니에요, 부장님. 제 이야기 좀 들어보세요. 크흐흐….'"

"어디 아파?"

"제가 지난주에 웃음 주사라는 걸 맞았는데, 그걸 맞고
나서부터 이래요."

"그게 뭔데?"

"부장님도 아시다시피 제가 얼굴이 많이 어둡잖아요. 우환 있는 사람처럼 미간도 항상 찡그리고 있고. 푸흡… 아, 죄송해요. 자꾸 저도 모르게 웃음이 나와서. 여하튼 주위 사람들이 저한테 자꾸 기분 안 좋은 일 있냐고 묻고, 제가 봐도 좀 그런 거 같아서 마음이 안 좋았거든요. 어느 날엔 배터리가 방전돼서 핸드폰이 꺼졌는데 검은 화면에 비친 제 얼굴이 너무 못난 거예요. 누가 위에서 짓누른 단팥빵처럼요. 그래서 결심했죠. 이 고질병을 고쳐야겠다고. 그렇게 방법을 찾고 찾다가 웃음 주사를 발견한 거예요.

이 주사는 슬프거나 우울하거나 화나거나 수치스럽거나. 이런 부정적인 감정들이 올라올 때 역으로 웃음이 터지도록 해주는 약이었어요. 저는 돈 백만 원을 덥석 내밀고 흔쾌히 주사를 맞았죠. 그랬더니 지금 이 사태가 벌어진 거예요. 다시 거기를 찾아가도 되돌리는 방법은 없다면서 내쫓아버려요… 푸히히…."

"저기, 신대리."

"네."

"무서워질라 그러는데, 웃음 좀 참을 수 없나?"

"제발… 저도 그러고 싶어요. 그게 마음대로 됐으면 안 이러죠. 지금 같은 분위기면 더 나와요. 키히히… 이틀 전엔 저희 이모가 돌아가셔서 조문을 다녀왔는데, 거기선 어땠을지 말 안 해도 아시겠죠?"

"거참. 사람이 답답하네. 그런 주사 맞을 돈으로 마음을 좀. 어? 긍정적이고 밝게 만들어볼 생각은 안 해봤나?"

"…푸하하!"

"…이봐. 지금… 울어?"

"키키킥… 크흐… 크하하!"

"거 왜 그래. 자. 이걸로 눈물 좀 닦아."

"…죄송해요. 으흐흐…."

"눈은 울고, 입은 웃고. 가관이네 가관."

"저, 부장님."

"왜."

"저번 주에 탕비실에서 호박씨 까셨죠. 신 대리처럼 찡 그리고 다니는 화상은 금방 늙어버린다고. 인상이 저래서 어디 시집이나 가겠냐고. 마주칠 때마다 기운이 쭉쭉 빠진다고. 정말 듣고 싶지 않았는데, 엿들어버렸어요. 그래서 그다음 날에 바로 주사를 맞은 거예요. 푸흐흐…."

"…내가 그랬었나?"

"저 이제… 어떡하면 좋아요? 흐히히."

산타의　　　　퇴사

안녕하세요 사장님. 저 산타입니다.

네. 배달 팀장 산타클로스요.

아… 거래처랑 라운딩 중이셨어요?

아, 네. 다른 건 아니고.

저, 그만두고 싶어서 전화드렸습니다.

갑자기 내린 결정은 아니에요.

꽤 오래전부터 생각했어요.

저희 팀 성과가 갈수록 눈에 띌 정도로 떨어지기도 하
고, 요즘 애들은 얼마나 조숙한지 저를 찾지도 않더라고요. 작년 크리스마스 뒤풀이 회식 자리에서 제가 하소연했던 거 기억하시죠?

네. 맞아요. 그 꼬맹이.

잘 때 몰래 방에 들어갔다가 눈 마주쳤는데 아빠가 얼마 줬냐고 물어본, 저를 아르바이트생 취급했던 그 녀석이요.

에휴, 그러니까요. 요즘 애들은 어른보다 더 똑똑하더라고요. 그런데 헛똑똑이죠.

저는 버젓이 여기 있는데 제 존재를 믿질 않으니. 게다가 요즘엔 아마존이니, 알리바바니, 쿠팡이니. 이놈들이 아주 극성이에요. 심지어 쿠팡 걔네는 썰매에 로켓을 달았잖아요. 그것도 저희처럼 1년에 한 번 하는 것도 아니고 매일 하니까. 저희 팀이 뭐 어떻게 할 수가 있나요.

아, 죄송해요. 경쟁사 얘기는 꺼내면 안 되는 게 규칙인데….

그래도 그만두는 마당이니 너그럽게 봐주세요.

저기, 말이 나와서 그러는데… 이제 그만두니까 말 편하게 해도 되지, 형?

형 기억나? 스타트업 시절에, 형이랑 나랑 둘이서 단칸방에서 밤새고 그랬을 때. 와, 그것도 벌써 300년 전이네.

그랬던 회사가 이렇게 덩치가 커질 줄 누가 알았겠어.

에이, 아니야. 형이 더 고생했지. 나는 뭐 루돌프가 다 했지.

나? 나는…퇴사하면 호숫가 근처에 집 구해서 낚시나 하면서 지내려고. 퇴직금이랑 배당금으로 조금 버티다가 농사 짓든가 해야지. 여행? 여행은 무슨 여행이야. 일하면서 지겹게 한 게 세계 여행인데.

이번 크리스마스는 나 없이 우리 팀 애들이 알아서 잘할 거야. 어차피 일도 별로 없고. 막내한테 분장시키고 썰매 태우면 루돌프가 알아서 다 해.

응? 굿즈?

물론이지.

내 굿즈는 계속 팔아.

대신 로열티는 계좌에 계속 꽂아줘.

나 그거 없으면 굶어 죽어.

알잖아, 형도.

응. 형도 거래처랑 얘기 잘 나누고.

골프도 좀 살살 치고.

형이 맨날 이기려 드니까 거래처가 계약을 안 하는 거야.

어, 알았어.

난 귤 먹으면서 넷플릭스 좀 보려고.

응. 형도 그동안 고생 많았어.

응. 알았어. 계속 연락할게.

뭐? 아니 퇴사하면서까지 내가 그 소리를 해야 돼?

…알겠어. 이번이 진짜 마지막이야.

호호호. 메리 크리스마스!

됐지? 이제 끊는다.

미아

한 아주머니가 아이의 손을 잡고 파출소의 문을 두드
렸다.

"무슨 일로 오셨습니까?"
"마트에서 장을 보는데. 애가 한가운데서 울고 있더라
고요."

대형 마트에서 길을 잃어버린 아이를 그녀가 데리고 온
것이었다. 얼마나 울었는지 아이의 눈은 퉁퉁 부어 있었
다. 아주머니가 걱정 어린 말투로 말했다.

"부모님이 엄청 걱정하실 텐데…."

"함께 와주셔서 감사합니다. 아이를 맡기시면 저희가 부모님이랑 연락을 해볼게요."

아주머니는 아이와 짧은 포옹을 한 뒤 파출소를 나섰다. 아이는 소파에 앉아 코를 훌쩍였고, 경찰은 사탕을 건네며 아이의 놀란 마음을 달랬다.

시간이 흐르고, 아이의 엄마로부터 전화가 걸려 왔다.

"네. 어머님. 저희가 데리고 있습니다."

10분 뒤, 포대기로 아기를 등에 업은 엄마가 문을 열고 들어왔다. "도대체 어디 있었어, 윤석아." 하며 엉덩이를 세차게 갈기고 아이를 껴안는. 그런 감동적인 가족 상봉의 장면을 머릿속에 그리고 있던 경찰의 예상은 보기 좋게 빗나갔다. 엄마의 발걸음은 곧장 경찰에게 향했다. 아들은 안중에도 없는 듯했다. 엄마가 경찰을 보며 말했다.

"애 아빠가 애를 버리고 갔어요."

"네? 자세히 말씀해주시겠어요?"

"그러니까…."

정황은 이랬다.

부부가 아이들과 함께 마트에서 장을 보다가 말싸움을
벌였다. 싸움은 점점 고조되었고 분에 못이긴 두 사람은
뒤돌아서 각자 갈 길을 갔다. 둘째를 등에 메고 있던 아내
는 당연히 아이를 남편이 데리고 갈 거라 생각했다. 그래
서 뒤도 안 돌아보고 걸었다. 아이는 엄마와 아빠 둘 중에
누구를 따라가야 할지 갈팡질팡 하다가 그만 길을 잃은 것
이었다.

"그 새끼 진짜 미친 거 아니에요?"

여자가 울분을 터트리며 말했다.

"어떻게 지 아들을 덩그러니 두고 쌩 가버릴 수가 있어요?"

"어머님. 일단 진정하세요. …그러니까. 부부싸움 때문에
애가 길을 잃은 거잖아요. 맞죠?"

경찰의 되물음에 그녀는 대답이 없었다. 그러고는 애꿎은 아이에게 말했다.

"너 일로 와."

엄마가 아이에게 건넨 첫 마디였다.

"어우. 생긴 건 그 새끼랑 똑같이 생겨가지고."
"저기 어머님."

경찰이 여자를 돌아보며 말했다.

"차후에 미아 방지를 위해 아이 사진을 찍어서 경찰서에 데이터로 남기셔야 하거든요."
"맘대로 하세요."

여자는 마치 남의 일인 양 말을 뱉어냈다. 경찰이 주머니에서 핸드폰을 꺼내 들자 아이가 뒷걸음질 쳤다. 여자는 미간을 찌푸리며 아이의 등을 떠밀었다.

"빨리 찍어. 집 좀 가게."

"자, 여기 보고 웃어볼래?"

경찰이 웃으며 말했다. 아이는 경찰을 따라 미소를 지었다.

아니, 지으려 노력했다.

"자, 하나, 둘, 셋."

찰칵.

엄마의 뒤를 따라 아이는 파출소를 나섰다.

그는 여전히 미아였다.

횡단보도   살인사건

너의 인생을 돌아봤을 때 떠오르는

최악의 인물 세 명을 골라봐.

그 인물들이랑 횡단보도에서 마주쳤는데,

너한테 웃으면서 다가오면 어떨 거 같아?

내가 지난 주말에 그랬어.

횡단보도에서 신호를 기다리고 있는데 옆에서 익숙한

목소리가 들리는 거야.

"윤성현?"

설마하면서 고개를 돌렸는데 역시나 그 새끼였어.

위민기. 개가 웃으면서 내 등을 툭툭 치는데 표정 관리 하기 힘들더라. 나를 지독하게 괴롭혔던 군대 선임. 말끝 마다 섹스, 섹스거리는 365일이 발정기인 새끼.

운동에 운자도 모르는 순수 지방 덩어리 몸뚱이에 웃긴 건 꼬추는 또 존나게 작다는 거야. 너도 알지? 막상 까보면 미더덕 달고 있는 놈들이 섹스는 오질나게 좋아하는 거.

사회에선 절대 마주칠 일 없게 해달라고 기도하고 또 기 도했는데, 하필 그것도 횡단보도에서 만난 거야. 신호 기 다리는 동안 그 새끼가 족발로 어깨동무를 하는데 몸이 휘 청거리더라니까.

잘 있었냐. 아직도 그 애니 보냐, 할머니는 잘 계시냐, 이 런 말들로 내 신경을 살살 긁어도 이상하게 짜증이 안 나 고 심장이 쿵쾅거리면서 호흡이 가빠지는 거 있지.

내 몸이 기억하고 있는 목소리에 입 냄새여서 그런지 가 슴이 두근거리는 건 어쩔 수 없었나 봐.

하하. 하. 입만 웃은 채로 적당히 맞장구쳐주면서 빨리 신호가 바뀔길 기다렸어. 길을 건너면 위민기랑 무조건 반대쪽으로 걸어가야지 하고 다짐하면서.

그렇게 건너편에 시선을 고정하고 있는데 익숙한 실루엣이 보였어. 그것도 두 명이나.

혹시 내가 생각하는 걔네들인가 싶어서 실눈을 뜨고 자세히 봤어. 너무 멀어서 잘 보이지 않았는데 그때 위민기가 이렇게 말했어.

"쟤네 판규랑 윤석이 아니냐?"

나는 심장이 덜컥 내려앉았어.

송판규. 정윤석.

심지어 정윤석은 내 후임이었는데, 송판규, 위민기한테 사랑을 듬뿍 받아서 나를 먹어버렸던. 반말이랑 하극상은 기본 옵션이고 나한테 담배빵까지 했던 시발새끼.

건너편의 걔네도 우리를 발견했는지 손을 흔들었어. 그때부턴 별짓을 다해도 표정 관리가 안 되더라. 신호가 바뀔 기다렸었는데, 이제는 신호등이 고장 나기를 기도하고 있는 나를 발견했어.

과거의 기억은 그만큼 무서운 거야.

고통스러운 기억이라면 더더욱.

결국 신호가 바뀌었어. 그 자리에서 그냥 도망치면 되는데, 또 그러기엔 걔네들의 안줏거리가 될 것 같아서 나는 위민기랑 같이 길을 건넜어. 그 상황에서 쿨한 척을 했어. 병신같이.

"이야 윤성현 이 멸치 새끼. 개오랜만이네."

건너편에서 다가오는 정윤석의 인사말이었어. 우리 넷은 도로 한복판에 서서 안부를 주고받았어. 물론 나는 땅바닥을 보고 입을 꾹 다물고 있었지. 지들끼리 하하호호 대화를 나누고 있는 동안 초록불의 남은 시간은 점점 줄어들고 있었어.

"술이나 한 잔 때릴까?"

송판규가 물었어. 위민기는 혼자 들떠서 방방 뛰었고, 나는 아무 말도 하지 않았어.

"야, 멸치. 너도 갈 거지?"

위민기가 물었어. 내가 대답을 못하고 우물쭈물하자 걔
가 내 팔을 잡아당기기 시작했어. 그때 갑자기 나한테 무
슨 깡이 생겼는지, 나는 손을 뿌리치고 길을 마저 건넜어.

이런 반응은 처음이었기 때문에 나는 가슴이 벌렁거렸
고, 최대한 뒤를 돌아보지 않으려고 노력했어. 셋의 표정
이 너무 궁금했지만 꾹 참고 건넜어.

"그래 성현아. 집 가서 할머니 쭈쭈 마저 먹어라!"

정윤석의 목소리였어. 나는 이를 악물고 참을까 하다가
도저히 참지 못하고 뒤를 돌았어. 세 사람이 뒤돌아서 낄
낄거리며 길을 마저 건너고 있는 게 보였어. 신호는 이미
빨간 불로 바뀐 지 오래였지. 나는 걔네가 확 차에 치였으
면 좋겠다고 생각했어.

그때였어.

엄청난 속도로 달려오던 덤프트럭이 세 사람을 치었어.

셋은 저 멀리 날아가서 온몸이 뒤틀려 뼈가 살가죽을 뚫

고 튀어나왔고 아스팔트 바닥은 피로 물들었어. 여기저기서 사람들의 비명소리가 들려왔어.

알고 보니 운전자가 술을 거하게 마셨더라고. 그 사람은 감옥에 갔고, 위민기, 송판규, 정윤석은 죽었어.

기쁘지 않느냐고?

아니 전혀.

걔네가 죽든 말든 난 신경 안 써.

걔네가 죽는다고 내 기억이 사라지는 건 아니잖아?

이리의   꼬리

눈보라가 몰아치는 극지방의 겨울.

이리떼 속에서 새끼 여섯 마리가 태어났다. 그중 한 마리는 유독 왜소했고 꼬리엔 붉은 반점이 퍼져 있었다. 녀석은 자랄수록 붉은 반점이 점점 커져 하얀 몸에 꼬리만 빨간 형색이었다. 다른 이리들은 그를 '붉은 꼬리'라 불렀다.

"사냥에 불리한 요건은 다 갖추고 있구만."

무리의 우두머리가 말했다.

"멀리서도 보이는 꼬리 때문에 사냥감이 전부 도망갈 거야."

사냥에 도움이 되지 않는 이리는 무리에서 먹이만 축내는 골칫덩어리였다.

"그냥 죽이긴 아까우니, 사향소 사냥을 나설 때 앞세우죠."

흰 이리가 말했다.

"뿔에 몇 번 들이박히면 죽을 겁니다."

다른 이리들도 고개를 끄덕거렸고 우두머리는 의견을 받아들였다. 그들은 붉은 꼬리를 위험한 사냥에 선두로 보내 죽기 전까지 쓸모를 뽑아낼 작정이었다.

그날 이후, 붉은 꼬리는 영문도 모른 채 사향소 사냥에 등 떠밀려 앞장서게 되었다. 아무리 새끼 사향소라 해도, 이리 혼자서 사냥한다는 것은 불가능에 가까운 일이었다.

그러나 모두의 예상은 빗나갔다. 사향소의 모가지를 끈질기게 물고 늘어지던 붉은 꼬리는 사냥에 성공해서 돌아왔다. 상처투성이가 된 그의 몸에서 뚝뚝 떨어지는 피가 흰 눈밭에 스며들었다.

　"운이 좋았을 뿐입니다."

　무리 중 한 이리가 말했다. 그들이 원했던 것은 그가 '사냥에 성공'하는 것이 아니라 '사냥에 적당히 도움을 주고 죽어주는 것'이었다.

　붉은 꼬리의 외로운 사냥은 계속되었다. 이리들은 그가 사냥을 나설 때마다 사향소의 뒷발에 치여 숨을 거두기를 바랐다. 그러나 매번 사냥에 성공해서 돌아오는 붉은 꼬리는 날이 거듭할수록 강해지고 노련해졌다. 우두머리는 붉은 꼬리를 인정할 수밖에 없었다.

　"네가 터득한 사냥법을 다른 놈들에게도 가르쳐주거라."

　어느 날 우두머리가 말했다.

"정말입니까?"

붉은 꼬리의 얼굴에 화색이 돌았다.

그는 사향소 새끼를 무리에서 떼어내는 법부터, 물어뜯는 최적의 타이밍까지 자신의 비법을 전수했고, 이리 무리는 전보다 훨씬 수월하게 먹이를 물어올 수 있었다.

"저를 인정해주셔서 감사합니다."

붉은 꼬리가 말했다.

"이제 다시 사냥에 나서야겠습니다."
"그럴 필요 없다."

우두머리가 말했다.

"사냥법을 전수해준 것만으로 충분하다. 너는 이제 쉬어라."

등 떠밀 땐 언제고. 붉은 꼬리는 의아했지만 그의 말을 따랐다.

며칠이 흘렀을까. 어느 날 사냥에서 돌아온 무리 중 한 이리가 말했다.

"저 녀석은 뭔데 가만히 있지?"

그의 말을 시작으로 다른 이리들도 수군거리기 시작했다.

"꼬리 색도 이상해."
"사냥은 하지도 않고 먹이만 축내는군."

그들의 말에 붉은 꼬리는 멋쩍게 웃었다.

"수장님, 저들이 오해가 있나 봅니다."

그가 우두머리를 올려다보며 말했다. 그러자 우두머리는 천천히 고개를 돌려 붉은 꼬리를 내려다보았다.

"너는 누구냐?"

그가 말했다.

"거참. 이상한 꼬리를 달고 있구나."

우두머리의 말과 표정엔 어떠한 악의도 담겨 있지 않았다. 그의 얼굴을 한동안 올려보던 붉은 꼬리는 몸서리치며 그 자리를 떠나 도망쳤다. 우두머리는 설원을 내달리는 그의 뒷모습을 바라보았다. 흔들리는 붉은색 꼬리가 멀리서도 눈에 들어왔다.

나흘 뒤, 무리에 한 이리가 걸어 들어왔다.

"못 보던 녀석입니다."

뚜벅뚜벅 걸어오는 이리의 끊어진 꼬리에서 피가 뚝뚝 떨어지고 있었다.

"호랑이에게 공격당했나 봅니다."

"그의 꼬리를 지혈해주거라."

우두머리가 말했다.

이리들은 피를 흘리는 그를 안쓰러워하며 무리의 일원으로 받아들였다. 그가 붉은 꼬리라는 것을 눈치챈 이는 아무도 없었다. 그는 이미 잊힌 존재였다.

어젯밤, 지나가던 여우에게 자신의 꼬리를 물어뜯어달라고 부탁했던 붉은 꼬리는, 굳이 자신의 정체를 그들에게 알리지 않았다.

몸의 균형을 잡아주는 꼬리가 사라져버린 그는 비틀거렸다.

붉은 꼬리는 그렇게 이리가 되었다.

해적 　　　　 룰렛

"찌르면 1000만 원 드립니다!"

"뭘 하면 준다고요?"

한 사람이 다가오며 물었다.

"여기 보이시는 열 개의 구멍 중 한 곳에 칼을 찔러 넣으시면 됩니다. 해적 룰렛 아시죠? 통에 뚫린 구멍에 칼을 찔러 넣으면 랜덤으로 해적이 뿅 하고 튀어 오르는 장난감. 그거랑 똑같습니다."

진행자가 웃으며 말했다.

그러나 그의 옆에 놓인 것은 장난감이 아니었다. 살아 있는 사람이 들어 있는 커다란 나무통이었고, 칼은 길쭉한 진검이었다.

"칼을 찔러 넣으면 1000만 원을 주신다고요?"

"네. 대신 통 안에 있는 사람이 살아 있어야 됩니다."

"죽으면요?"

"찌른 사람이 통 안에 갇힙니다. 갈아 끼우는 거죠."

설명을 들은 도전자는 생각에 잠겼다.

"이봐, 잘 생각해!"

그때 얼굴만 삐죽 튀어나온 통 안의 사람이 소리쳤다.

"10% 확률로 나를 죽이고 나처럼 갇히는 거야."

"90% 확률로 1000만 원을 얻기도 하죠."

진행자가 말했다.

"당신은 닥쳐! 이건 사람 목숨이 달린 일이야."

통 안의 사람은 붉어진 얼굴로 욕지거리를 해댔고, 진행자는 시종일관 미소를 유지했다. 팔짱을 끼며 생각에 잠겼던 첫 번째 도전자가 입을 열었다.

"당신도 결국 찔러봤으니까 거기 갇힌 거죠?"

그의 말에 통 안의 사람은 말문이 막혔다.

"제가 안 찌른다고 해도, 분명 다른 사람들이 도전할 거예요. 당신도 경험자니까 저를 이해할 거라 믿어요."

도전자는 진행자로부터 칼을 건네받고 구멍 하나를 골라 찔러 넣었다. 통 안의 사람은 두 눈을 질끈 감았다.
살았다.

그는 죽지 않았다.

첫 번째 도전자는 1000만 원을 받고 방방 뛰며 자리를 떴다.

통에는 하나의 칼이 꽂혔다. 진행자는 목을 가다듬고 또 다른 고객을 모으기 시작했다.

"찌르면 2000만 원 드립니다!"

구멍이 하나씩 채워질수록 돈의 액수는 두 배로 늘어났다. 2000만 원, 4000만 원, 8000만 원, 1억 6000만 원….

새로운 도전자가 찾아올 때마다 통 안의 사람은 확률을 들먹이며 그들을 설득하느라 진땀을 뺐다. 그러나 소용없었다. 불어나는 액수만큼 사람들의 용기도 함께 불어났기 때문이다.

이것은 찌르느냐 마느냐의 문제가 아니었다. 얼마나 고민한 뒤 찌르느냐의 문제였다. 어마어마한 금액 앞에서 그들은 결국 용감해졌다.

아홉 번째 도전자가 찾아왔다. 그는 노숙자였다. 성공 금액은 25억 6000만 원.

통에는 여덟 개의 칼이 꽂혀 있었고 구멍은 단 두 개만 남았다.

"어이, 잘 들어."

통 안의 사람이 말했다. 하도 소리를 질러서 목이 쉬었다.

"50% 확률로 나도 죽고 당신도 죽어. 절대 찌르지 마!"

노숙자는 대답 없이 탁한 눈빛으로 통 안의 사람을 빤히 바라보았다. 그의 손엔 칼이 들려 있었다.

"내 말 안 들려?"

통 안의 사람이 소리쳤다. 그는 이성을 잃고 열변을 토하기 시작했다.

"이봐."

노숙자가 입을 열었다.

"나는 이미 오래전에 죽었어."

"뭔 개소리야."

"죽은 거나 다름없이 살았다고. 아주 오랫동안. 이건 기회야. 50% 확률로 나도 살고 당신도 살릴 수 있는 기회."

그는 결심을 했는지 눈을 살며시 감고 심호흡을 했다.

통 안의 사람은 소리를 지르며 마지막 발악을 했다.

노숙자는 구멍 하나를 골라 있는 힘껏 칼을 찔러 넣었다.

푹-

.

.

.

10분 뒤,

진행자가 외쳤다.

"찌르면 1000만 원 드립니다!"

횡단보도로   건너야 돼

"야!"

"응? 나?"

"그래. 너. 너 지금 길 건너려고 했지?"

"응. 건너편에 먹을 게 있나 해서."

"안 돼. 거기서 건너면 절대 안 돼. 잘못하면 차에 치여 몸이 으스러질 수도 있어. 횡단보도로 건너야 돼."

"그게 뭐야?"

"따라와 봐. 자, 이거 보여?"

"이 흰색 줄무늬?"

"응. 이걸 횡단보도라고 불러. 여기 앞에 서 있으면 신호가 바뀌고 차가 멈출 거야. 그때 사람들이랑 같이 건너야 안전해."

"이런 걸 어떻게 알았어?"

"내 친구가 알려줬어. 영원한 단짝 친구. 어? 신호 바뀌었다. 건너자."

"그렇구나. 나도 그런 친구가 있어."

"그래? 이름이 뭔데?"

"채영이."

"예쁜 이름이네. 내 친구 이름은 원호야."

"어, 먹을 거다."

"야. 천천히 가!"

"빨리 먹어야 해. 안 그러면 다른 애들이 뺏어가."

"…잠깐만. 너 지금 쓰레기를 먹는 거야?"

"그게 뭐가 중요해. 일주일 동안 아무것도 못 먹었어."

"아무리 그래도."

"나처럼 굶으면 너도 이렇게 돼."

"…나도 슬슬 배고프네. 원호는 왜 안 오지?"

"네 친구?"

"응. 잠깐 어디 다녀올 테니까 여기서 기다리라고 했거든."

"언제 그랬는데?"

"이틀 전에."

"…채영이도 똑같이 말했어. 나보고 기다리고 있으라고."

"진짜? 언제?"

"1년 전쯤?"

"1년?"

"응. 처음엔 기다리다가 혹시 걔가 까먹은 건 아닐까 싶어서 집으로 돌아가기로 했어. 그런데 도무지 찾을 수가 없네."

"그동안 집을 찾으러 다닌 거야?"

"응. 지금도 찾고 있어. 내가 보고 싶은 만큼 채영이도 날 많이 보고 싶어 할 거 같아서. 가뜩이나 눈물도 많은 앤데."

"꼭 찾았으면 좋겠다."

"너는? 너도 집으로 돌아가야 하는 거 아니야?"

"나는 여기서 기다릴 거야. 원호가 기다리라고 했으니까."

"그래. 나는 다시 가봐야겠다."

"어디를?"

"집을 찾으러 가야지. 채영이가 기다리고 있을 테니까. 아 참. 그러고 보니 우리 서로 이름도 모르네. 내 이름은 코코야. 너는?"

"나는 구름이."

"잘 있어, 구름아."

"잘 가 코코. 길 건널 땐 꼭 횡단보도로 건너야 돼!"

토끼의　　　　　고백

등껍질 안으로 숨어 들어가서 며칠 동안 나오지 않는 거북이를 상상해보세요.

저는 죽은 줄 알았다니까요?

저뿐만 아니라 다른 동물들도 그렇게 생각했어요. 도대체 쟤가 왜 저럴까 싶었죠. 무슨 일인지 얘기 좀 해달라고 등껍질에 노크를 해도 묵묵부답이었어요. 그러던 어느 날, 그가 나무늘보한테만 이렇게 속삭였대요.

"너무 느려서 슬퍼. 너는 내 마음 알지?"

오 맙소사.

느린 거랑 슬픈 거랑 무슨 상관인가요?

거북이는 느리지만 대신 단단한 껍질이 있죠. 나무늘보는 나무에 오래도록 매달릴 수 있는 튼튼한 손톱이 있고요. 그런데 이 가여운 녀석은 생명의 다채로움은 외면하고 오직 속도에 꽂혀버려서, 껍질 안으로 숨어 들어가 동굴에서 훌쩍이고 있던 거예요. 우리는 이 친구를 어떻게 끄집어낼까 머리를 맞대고 고민했어요. 그리고 계획을 세웠죠. 거북이와의 달리기 경주를요.

상대는 저였어요. 발 빠른 녀석들 중에서 제가 얄미운 연기를 제일 잘했거든요.

저는 밤낮없이 거북이에게 가서 느림보라고 놀려댔어요.

자존감이 바닥을 찍어가는 녀석에게 이 방법이 통하기는 할지, 오히려 역효과를 내는 건 아닐지 걱정이 된 건 사실이지만, 그렇게라도 안 하면 도무지 나오지 않을 것 같았어요.

그런데 녀석도 한 성깔 하는지, 가만히만 있지는 않더라고요. 거북이는 고개를 빼꼼 내밀면서 이렇게 말했어요.

"너가 그렇게 빨라?"

옳다구나. 미끼를 물어버린 거예요. 그래서 우리는 재빨리 경주 날짜를 잡았고, 동물들이 한데 모여 코스를 쓸고 또 쓸었죠.

아 물론, 거북이 몰래요.

이후의 이야기는 다들 아실 거라 믿어요. 오만한 제가 경주 중에 낮잠을 자버리고 거북이가 추월해서 승리하는 결말.

제가 실눈을 뜨고 언제 오나 힐끔거리며 기다렸다든가, 추월하는 거북이의 발소리를 듣고 속으로 씨익 웃었다든가 하는 이야기는 아마 모를 거예요. 진실은 항상 무대 뒤편에 있는 법이거든요.

결승선에서 거북이는 동물들의 축하를 듬뿍 받았고, 저는 끝까지 억울한 연기를 했어요. 발을 동동 구르고 씩씩거리며 집으로 돌아갔죠.

사람들은 저의 낮잠을 통해서 자만심을 경계하고, 거북이의 페이스 유지를 본받아 교훈을 얻어 살아가요.

억울하지 않느냐고요?

뭐 어때요.

우리는 친구를 구한 걸요.

달팽이 　　　　　가족

　사람의 발길이 닿지 않는 깊은 숲속.

　이른 아침부터 동물들의 마라톤 대회가 열렸다. 삵, 길앞잡이, 호랑이, 도마뱀처럼 잽싸고 날렵한 동물들은 물론이고, 나무늘보와 거북이 같은 느리고 우직한 동물들도 참여했다. 그중에서도 가장 느린 건 달팽이었다.

　선두그룹이 저만치 나아가 코스를 따라 늘어서 있는 구경꾼들의 환호 소리를 만끽하고 있을 때, 달팽이는 구경꾼마저 사라진 휑한 길을 홀로 뛰었다.

　고독하고 힘겨운 시간이었다. 그래도 달팽이는 쉬지 않고 달렸다.

저 멀리서 커다란 함성 소리가 들려왔다. 1등 주자가 결승선을 통과한 모양이었다. 그러나 달팽이에겐 중요한 문제가 아니었다. 그의 앞엔 아직 가야 할 길이 한참 남아 있었고, 자신의 페이스를 유지해야만 했다.

달팽이는 결승 지점에서 자신을 기다리고 있을 가족들을 생각하며 자신과의 싸움을 이어 나갔다. 함께 뛰는 러닝메이트도, 구경꾼도 없는 길은 어찌나 조용한지 달팽이의 발자국 소리가 들릴 정도였다.

어느덧 해는 산의 능선에 반쯤 걸쳐져 노을이 졌다. 드디어 달팽이의 눈앞에 결승선이 보이기 시작했다. 그러나 참가자와 구경꾼들은 모두 집으로 돌아가 있었고, 주최 측마저 철수를 마친 상태였다. 세상에서 가장 조용한 결승선이었다. 그리고 그곳엔 달팽이의 가족들이 그를 기다리고 있었다.

결승선을 통과한 달팽이는 지쳐버린 몸과 부끄러운 마음에 껍질로 숨어 움츠러들었다.

"꼴찌예요…. 죄송해요."

달팽이의 목소리가 껍질 속에서 메아리쳤다.

"너무 오래 기다리셨죠…."
"무슨 소리니?"

엄마 달팽이가 말했다.

"우린 방금 막 도착했단다. 새벽부터 도시락을 싸 들고
부랴부랴 준비해서 왔지."
"아직 아무도 들어오지 않은 걸 보니…."

아빠 달팽이가 주위를 둘러보며 말했다.

"우리 아들이 1등이로구나!"

달팽이는 조심스럽게 껍질 밖으로 얼굴을 내밀었다.

"배고프지."

엄마 달팽이가 도시락을 까며 말했다.

"얼른 먹으렴."
"네."

달팽이는 맛있게 도시락을 먹었다.

부부의   침묵

　식민지의 한 지역을 관리하는 장교가 부하들을 이끌고 위풍당당하게 동네를 거닐었다.

　강대국의 장교라는 타이틀은 그의 어깨에 힘을 잔뜩 실어주는 데 충분했다. 뙤약볕 아래에서 목이 바싹 말라가던 그는 목을 축이기 위해 한 집으로 들어갔다. 아니, 쳐들어 갔다. 그가 나무로 된 현관문을 군홧발로 박차고 들어가자 박살이 났다.

　집 안엔 카레 향이 가득 풍겼다. 부엌에서 중년 부부가 저녁 준비를 하고 있었다.

"물 가져와."

장교가 의자에 앉아 식탁에 군홧발을 턱 하니 올려 다리를 꼬았다. 부하들은 그의 뒤에서 부채꼴 모양으로 펼쳐서 있었다. 부부는 장교의 말을 무시한 채 뒤도 돌아보지 않고 요리를 했다. 강렬한 후추 향이 장교의 코를 찔렀다.

"물. 가져와."

그가 다시 한 번 말했다.

부부는 침묵했다. 장교는 부엌에서 벌어지는 일종의 저항운동을 두 눈으로 똑똑히 지켜보고 있었다. 그는 자신에게 눈길조차 주지 않고 분주히 움직이는 부부를 죽일 듯이 노려보았다.

"물!"

장교가 소리쳤다. 그의 목에 핏대가 섰다. 그러나 부부는 여전히 침묵했다. 아내는 국자로 카레를 저었고, 남편

은 당근을 썰었다. 장교는 뒤에 서 있는 부하들을 올려다
보며 부부를 손가락으로 가리켰다. 사살 명령이었다.

부하 중 한 명이 장교에게 경례를 한 번 하고는 어깨에
걸친 총을 빼 들어 장전했다.

탕. 탕. 탕. 탕. 탕.

총알 다섯 방.

아내가 국자를 손에 쥔 채 바닥에 쓰러졌고 남편은 그녀
의 위에 포개져 쓰러졌다. 그가 쥐고 있던 부엌칼이 아내
의 가슴팍에 꽂혔다. 장교는 만족스러운 웃음을 지으며 부
하들과 함께 집을 나섰다.

아들이 일터에서 돌아왔다. 그가 좋아하는 카레의 냄새
가 집 밖에서부터 풍겨왔다. 그는 박살 난 현관문을 발견
하고 집 안으로 뛰어 들어갔다.

그리고 눈앞에 펼쳐진 죽음.

아들은 쓰러져 있는 부모에게 달려가 자리에 털썩 주저
앉아 그들을 부둥켜안으며 오열했다.

부부는 농아였다.

경호 씨,   미안해요

소개팅 약속 시간에 40분이나 지각하는 남자는 박테리아보다 멍청한 존재고, 모기보다 짜증 나는 존재다.

그게 바로 나다.

나는 꽉 막힌 도로 위 차 안에서 홀로 지각 변명 시뮬레이션을 돌렸다.

"수린 씨, 그게… 지갑이 냉장고에 있더라고요. 수린 씨, 그게… 인공위성이 맛이 갔는지 내비가…."

나는 운전대를 잡고 그럴싸한 변명을 물색하다가, 상대

의 화만 돋울 것이 분명했기 때문에 마음을 접었다. 이런 걸 연습할 에너지로 액셀을 밟는 게 상책이었다.

우여곡절 끝에 약속 장소인 레스토랑에 도착한 나는 레이더망으로 혼자 앉아 있는 여성을 찾아냈고 잰걸음으로 다가갔다. 그녀는 마치 자기 배꼽을 보는 것처럼 고개를 푹 숙이고 있었다.

"수린 씨?"

고개를 들어 올린 여자의 눈엔 눈물이 글썽거렸다.

"수린 씨… 맞아요?"

나는 다시 한 번 물었다. 여자는 고개를 끄덕거렸다. 지각으로 여자를 울린 남자는 지구에 몇이나 될까.

"죄송해요, 너무 늦었죠. 연락을 드렸는데 답장이 없으셔서 그냥 가버리신 건 아닐까 걱정했어요."

나는 맞은편에 앉아 파리처럼 빌었다.

"괜찮아요. 늦을 수도 있죠."

수린은 냅킨으로 눈가를 훔치며 말했다.

"사진보다… 실물이 훨씬 예쁘신데요."

뱉고 보니 너무 의례적인 말 같았지만 나는 진심이었다. 나의 말에 그녀의 입가에 웃음이 번졌고, 나는 그제야 마음이 놓였다. 우리는 음식을 주문하고 대화를 나눴다.

"변호사라고 하셨죠?"

내가 물었다.

"…네."

수린이 말했다. 그녀는 잠시 머뭇거리더니 말을 이었다.

"그런데 저… 부탁이 있어요. 우리 서로 일 얘기는 하지 말아요."

나는 그녀의 제안이 의아했지만 알겠다고 답했다. 일에 치여 사느라 지긋지긋한 걸까 하고 짐작할 뿐이었다.

나는 봉골레를 씹으며 수린과 묘한 탐색전을 벌였다. 우리의 대화는 직장, 연봉, 차와 집, 결혼과 자녀 계획 같은 고리타분한, 그러니까 서로의 항문낭 냄새를 맡는 개들의 뻔한 탐색전 같은 게 아닌, 색다른 종류의 것이었다.

좋아하는 영화와 책, 어렸을 때 겪었던 기상천외한 일, 아침에 일어나서 가장 먼저 하는 일, 좋아하는 유튜버, 세상에서 제일 싫어하는 사람 유형 같은 것들. 머릿속 계산기를 부숴버리고, 세간 속의 '나'를 잊어버리는 대화들. 나는 수린과 오랫동안 알고 지낸 사람처럼 편하게 대화를 나눴고, 그녀도 그래 보였다.

상대가 대화를 즐기는 듯 보이면 나는 신이 나서 봇물 터지듯이 말하는 스타일이었다. 수린은 그런 나의 모습에 맞장구쳐주고, 한술 더 떠서 돌려주었다. 나는 그녀가 여러모로 마음에 들었다.

"블라인드 면접 같네요."

내가 말했다.

"대화를 한 지 두 시간이나 지났는데, 수린 씨는 제 직업
도 모르잖아요."
"……."
"재밌지 않나요?"

수린이 말했다.

"어른의 대화는 질렸어요. 아니, 정확히는 어른인 척하
는 대화죠. 이력서를 이마에 붙이고 하는 대화가 아니라,
영혼과 영혼이 맞닿는 대화 같아요. 지금 우리는."

그녀의 말에 나는 확신했다.
이 여자다. 이 여자를 내 여자로 만들고야 말겠다.

"저 화장실 좀 다녀올게요."

나는 자리에서 일어나며 말했다.

"저기요."

그때, 수린이 나를 불러 세웠다.

"그… 이름이 어떻게 되셨죠?"
"경호. 최경호요. 카톡할 때 뜨지 않았어요?"
"아 맞다. 죄송해요. 순간 까먹어서. 다녀와요 경호 씨."

나는 화장실에서 볼일을 보며 핸드폰을 켰다. 메신저 알림이 도착해 있었다.

경호 씨, 미안해요.
오늘 아침까지 고민해봤는데, 못 나갈 거 같아요.
제가 마음의 준비가 안 됐나 봐요.
늦게라도 말씀드려야 할 거 같아서 연락드려요.
다시 한 번 죄송해요.

나는 이름을 확인했다. 이수린. 수린 씨였다.

도대체 무슨 개뼈다귀 같은 소리지. 나는 재빨리 볼일을 마치고 화장실을 나왔다. 자리에 수린 씨가 없었다. 나는 곧장 카운터로 갔다.

"여성분께서 먼저 계산하고 가셨습니다."

점원이 말했다.

"그리고 이걸 전해드리라고 하셨어요."

점원은 내게 쪽지 모양으로 접힌 영수증을 건넸다. 영수증을 펼치자 펜으로 꾹꾹 눌러 쓴 글이 적혀 있었다.

경호 씨, 미안해요.
제 이름은 수린도 아니고 변호사도 아니에요.
소개팅이 펑크 나서 울고 있던 사람이었어요.
처음 몇 분만 대화하고 보내드리려고 했는데, 너무 재밌어서 멈출 수 없었어요. 진짜 수린 씨에게 전화가 오면 어쩌

지 조마조마할 정도로요. 전화가 오지 않은 걸 보면 경호
씨도 펑크가 났나 봐요. 전 잘 알아요. 한두 번이 아니어서.
짧은 시간이지만 즐거웠어요.

그리고 맨 밑에는 그녀의 전화번호와 함께 한 문장이 적
혀 있었다.

제 이름이 궁금하면 전화 주세요.

두 여자의 첫 문장.

'경호 씨, 미안해요.'

나는 그 문장을 자리에 서서 곱씹다가, 영수증에 적힌
번호를 입력하고 전화를 걸었다.

"…여보세요?"

있잖아,　　　민정아

어디서부터 이야기를 꺼내야 할까. 그래. 일단 떠오르는 대로 말해볼게.

있잖아, 민정아 너는 웃음이 참 많은 아이야. 아주 작은 것에도 기뻐하고 감사할 줄 아는 순수한 아이지. 너를 처음 만났을 때도, 너는 나를 보고 활짝 웃어주었어.

내가 홀로 외로울까 봐 헐레벌떡 뛰어오는 너의 발소리는 나를 언제나 들뜨게 만들었고, 학교에서 친구들과 있었던 일을 재잘재잘 떠드는 너의 입 모양을 바라보며 나는 미소를 지었지.

아, 그래. 너는 그 모습이 얼마나 예쁜지 모르지. 내가 매일매일 보았던 그 모습 말이야.

너의 품에 안겨 있으면 세상이 나를 안고 있는 기분이야. 우주의 어머니가, 오직 나를 위해서 세상에서 가장 따뜻한 담요를 선사해준 기분이야.

너는 그만한 온기를, 빙하를 단숨에 녹일 수 있는 심장을 지니고 있어. 너는 모르겠지. 하지만 난 알아.

있잖아, 민정아.

그런 너도 1년, 2년, 나이를 먹어가면서 가끔은 힘들 때도 있나 봐. 아니. 좀 자주 있나 봐.

성인이 되고 세상이라는 냉벽에 부딪혀 집에 돌아온 너는 가방과 외투를 획 벗어던지고 침대에 몸을 던져. 그러곤 한쪽 팔을 이마에 올려놓고 한숨을 푹 내쉬지. 나는 걱정되는 마음에 너에게 달려가고, 너는 그런 나에게 씁쓸한 미소를 지어줘.

민정아, 기억나?

나에게 심장병이 있다는 것을 발견한 날. 네가 나를 안고 밤새 펑펑 운 날 말이야. 잦은 수술과 입원으로, 병원비만 700만 원 이상 들었을 때, 거실 한복판에서 엄마와 언성을 높여가며 싸웠던 너의 목소리가 나는 지금도 귀에 맴돌아. 아르바이트를 해서라도 나를 살리겠다고 울고 불던 너의 모습을 지켜볼 수가 없어서, 나는 구석으로 도망쳤어.

있잖아, 민정아.

나는 세상에서 가장 행복한 강아지야.

곧 올라가면 많은 녀석들이 있겠지. 나는 녀석들에게 마음껏 자랑할 거야. 매일매일 하루도 빠지지 않고 산책을 한 말티즈는 드물 테니까 말이야.

먼저 가 있을게.

천천히 와.

눈 마주치면   죽는 부부

"죽을 수도 있습니다."

의사가 말했다. 혜천은 다시 한 번 물었고, 의사는 같은
대답을 반복했다.

"정확한 원인은 모르겠지만… 두 분께서 눈을 마주칠 때
뇌혈관이 부풀어 오릅니다. 누적되면 뇌출혈이 올 수도 있
습니다."
"이런 병이… 원래 있어요?"

고운이 물었다.

"눈 마주치면 죽는 병이요?"
"네."
"그럴리가요."

의사는 헛웃음을 지었다.

"그래도 세상엔 인간의 머리로 이해할 수 없는 일들이
마구 일어나죠."

부부는 원인과 치료법을 알아내기 전까지 절대 눈을 마
주치지 말라는 의사의 권고를 받고 병원을 나섰다.
혜천은 떠올렸다. 어젯밤, 아내와 말다툼을 벌이다가 눈
을 마주친 순간 머리가 깨질 듯이 아팠던 순간을. 그것은
고운도 마찬가지였다.
두 사람은 소변을 볼 때 변기 커버를 올리느냐 내리느냐
의 문제로 언성을 높이다가 눈을 마주쳤고, 그 순간 심한
두통을 느끼며 자리에 주저앉아 똑같은 자세로 머리를 쥐

어 싸매며 비명을 질렀다. 방에서 나온 딸은 그 장면을 의아하게 바라보았다.

"우리가 최근에 얼마나 눈을 마주쳤지?"

고운이 물었다.

"얼마나가 아니라."

운전대를 잡은 혜천은 전방을 주시하며 말했다.

"마주친 적이 없지. 어제 싸울 때 잠깐 빼고."

고운은 곰곰이 떠올려봤다. 그의 말이 맞았다. 아무리 생각해도 떠오르지 않았다.

"…그럼 쉽네."

고운이 말했다.

"뭐가?"

"눈 안 마주치는 거. 하던 대로 하면 되니까."

고운의 말대로 눈을 마주치지 말라는 의사의 권고를 실행하는 건 쉬워 보였다. 지금까지 늘 그래왔으니까.

그러나 사람의 마음은 청개구리 같아서 하지 말라고 하면 더 하고 싶어지는 법이다. 고운은 설거지를 하고 있는 혜천의 뒷모습을, 혜천은 코를 골며 자고 있는 고운의 얼굴을 빤히 바라보았다.

심지어는 암묵적으로 시간 간격을 두고 서로의 옆모습을 번갈아 보기도 했다. 마치 서로를 짝사랑하는 것처럼. 눈을 마주치지 말라는 권고는 역설적으로 서로에게 시선을 향하게 만들었다.

부부는 시간이 지날수록 깨달았다. 눈은 영혼을 비추는 창이라는 것을. 100개의 문장과 몸짓보다, 한 번의 눈짓이 전달하는 의미가 더 크다는 것을.

몇 주 동안 병원을 들락거렸지만 병은 호전되지 않았다. 이대로 가다간 또 다른 병을 얻을 것만 같았다.

"보고 싶어."

어느 주말, 혜천은 나지막이 중얼거렸다.

"뭐를?"
"네 눈."

소파에 앉은 부부는 정면을 바라보고 있었고, 티비 소리
가 적막한 거실을 가득 메웠다.

"…죽는다잖아."

고운이 말했다.

"그게 나아. 이렇게 살 바엔."

혜천은 아내의 양어깨를 부여잡고 자기 쪽으로 돌렸다.
고운은 눈을 질끈 감았다.

"눈 좀 떠봐."

그녀의 어깨를 잡은 혜천의 손이 바들바들 떨렸다. 고운
은 조심스럽게 눈을 떴다. 아무 일도 일어나지 않았다. 머
리가 아프지도 않았고, 뇌혈관이 터져서 죽지도 않았다.
부부는 오랫동안 눈을 마주쳤고, 결국 부둥켜안고 울었다.

둘은 그날을 통째로 눈을 맞추며 지냈다.

개와 노파   그리고 순덕이

시골 마을 뒷산에서 덩치 큰 개 한 마리가 내려왔다.

누런 송곳니에서 끈적끈적한 타액을 질질 흘리는 개는 으르렁거리며 마을을 떠돌았다. 목에는 꼬질꼬질한 파란 목줄이 파묻혀 보일락 말락 했다. 마을 사람들은 자칫 주인 잃은 미친개에게 물릴까 살금살금 피해 다녔다.

단 한 사람. 작은 슈퍼를 운영하는 노파는 피하지 않았다.

산책을 하던 노파는 맞은편에서 개가 으르렁거리며 다가와도 활짝 핀 개나리에 코를 파묻고 미소를 지었다.

그녀가 범상치 않음을 느낀 개는 사납게 노려보던 눈빛을 거두고 가던 길을 갔다.

"툭."

　바닥에 뭔가 떨어지는 소리에 개는 뒤를 돌아보았다. 노파의 발꿈치에 소시지 하나가 떨어져 있었다. 뱃가죽이 등 가죽에 들러붙어 있던 개는 조심스럽게 다가가 소시지를 재빨리 입에 물고 달아났다. 개나리 내음을 맡는 척하던 노파는 도망치는 개의 뒤꽁무니를 바라보았다.

　그 후로도 노파는 산책을 나설 때마다 슈퍼에서 소시지를 한 움큼 집어 들어 주머니에 쑤셔넣고 나섰다.

　개는 여전히 사람들을 보면 컹컹 짖어댔지만, 노파에게는 예외였다. 소시지의 위력은 대단했다.

　결국 그녀의 유혹에 길들여진 개는 배꼽시계가 울릴 때마다 슈퍼 옆 주차장을 어슬렁거렸다. 그리고 식사를 마치면 귀신같이 자취를 감췄다. 사람들은 행여 노파가 개에게 물리진 않을까 노심초사했다.

　개는 여느 때처럼 소시지를 으깨 넣은 개밥 그릇에 코를 파묻고 허겁지겁 먹고 있었다. 노파는 그 틈을 노려 살금살금 다가가 개에게 목줄을 채웠다.

"아이고 요놈. 드디어 잡았다."

목줄은 바닥에 단단히 박혀 있는 대못에 연결되어 있었
다. 슈퍼를 찾아오는 손님들은 주차장에 묶여 있는 개를
피해 뒷문으로 돌아 들어갔다.

"저 개는 도대체 왜 묶어놓은 겨?"

한 손님이 물었다.

"너 같은 놈이 물건 못 훔쳐 가게 이눔아!"

노파는 깔깔대며 소리쳤다. 그녀는 이참에 개집도 지어
줄 생각이었다.
손님들이 뒷문으로 들락거리던 중에, 개를 무서워하기
는커녕 오히려 괴롭히던 한 사람이 있었다. 열한 살 순덕
이었다.
그녀는 밭길에서 돌멩이를 주워 와 멀찍이서 개를 향해
던졌고, 유독 용기가 솟는 날엔 가까이 다가가 나뭇가지로

콕콕 찔러대기도 했다. 개는 물어 죽일 기세로 달려들었지만, 옆 철물점에서 주문한 쇠사슬 목줄은 몹시 튼튼했다. 그것이 순덕이가 유일하게 믿는 구석이었다. 아이는 맘 놓고 개를 괴롭히며 낄낄거렸다.

순덕이의 괴롭힘은 하루 이틀을 넘어 계속 이어졌다. 그러나 노파는 그런 아이를 단 한 번도 나무라지 않았다. 주말마다 노파의 집을 찾아오는 아들이 의아해하며 물었다.

"기껏 데려와놓고, 저 코흘리개가 저렇게 못살게 구는 걸 엄마는 왜 가만히 놔두는 거여?"

노파는 대답 대신 계산대에서 일어나 개에게 다가가 쪼그려 앉았다. 개는 들릴락 말락 으르렁거렸지만 그녀를 물지 않았다. 노파는 개의 목에 파묻혀 있는 꼬질꼬질한 파란 목줄을 가리키며 말했다.

"너 이게 뭔지 알아?"

그녀가 말했다.

"저기 뒷산 너머에 개장수 집에서 표시해놓은 거여. 거기서 뛰쳐나오기 쉽지 않았을 텐데. 야는 용케도 도망쳐 나왔구먼."

노파는 고개를 들어 전봇대 뒤에 숨어 있는 순덕이를 바라보며 말을 이었다.

"저놈은 애비가 허구한 날 술 처먹고 패고, 학교도 제대로 안 나가고 나사 하나 빠져서 동네만 빙빙 돌아다니는 놈이여."

순덕이는 흘러내리는 콧물을 훔치며 노파와 아들을 번갈아 보았다. 개랑 놀아야 하니 빨리 비켜달라는 눈빛이었다.

"원래 으르렁거리는 놈들은 다 아픔이 하나씩 있는 법이여."

노파가 순덕이에게 눈길을 거두며 말했다.

"아픔이 있는 놈들은 금방 친해져. 그니까 내비둬."

그녀는 앓는 소리와 함께 몸을 일으키고 다시 계산대로 돌아갔다. 노파의 말처럼 개와 순덕이는 금세 친해졌다. 그러나 개장수 집에서 탈출하기 전부터 배에 달고 있던 혹이 부풀어 오른 개는 두 달 뒤에 숨을 거뒀다. 순덕이는 노파에게 달려가 개를 살려내라고 울고 불며 난리 쳤다.

그녀는 순덕이를 꼬옥 안아주었다.

향수를   좋아하시나 봐요

"향수를 좋아하시나 봐요?"

소개팅남이 물었다.

"네. 뭐."

로미는 머리를 귀 뒤로 넘기며 답했다.

"오늘 뿌리신 거 무슨 향수에요?"

남자가 물었다.

"랑방이에요."

그녀는 대답을 함과 동시에 남자의 얼굴을 유심히 바라보았다.

로미는 알고 있었다. 향수를 좋아하느냐는 질문 속에 담긴 미묘한 뜻을. 그녀가 말하지 않은 것이 있는데, 사실 랑방뿐만 아니라 샤넬과 디올도 뿌렸다. 랑방은 목 뒤에, 샤넬은 손목에, 디올은 상의에.

로미는 그가 자신에게 질문을 던지던 찰나의 순간에 코를 찡그리는 모습을 포착했다. 세 가지 향수를 동시에 뿌리고 다니는 것을 쉽사리 납득하는 사람은 드물었다. 그녀의 지독한 향수 냄새에 사람들은 어쩔 줄 몰라 했다.

"저는 로미 씨가 마음에 들어요."

남자가 말했다. 그는 말의 끝마다 미세하게 코를 찡그렸다. 그녀는 수줍게 웃어 보일 뿐 대답은 하지 않았다. 이번

169

소개팅도 글렀다고, 그녀는 생각했다. 로미가 처음 향수를 뿌린 것은 열일곱 살. 여름방학 중의 어느 밤이었다.

새아버지가 교도소에서 복역 중에 자살한 날이었다. 교도관으로부터 전화 너머로 소식을 전해 들은 엄마는 차분하게 대답을 하고 로미의 방문을 열고 들어와 이렇게 말했다.

"죽었대."

세 음절. 그것이 전부였다. 나와서 밥 먹어라, 라고 말할 때의 말투, 표정과 별 다를 바 없었다.

음주운전으로 무고한 사람을 죽이고 교도소에 복역한 지 2년 만에 새아버지는 스스로 목을 맸다. 사업을 말아먹고 빈털터리가 되더니 그는 매일 술을 끼고 살았고, 결국 사람을 죽이고 말았다.

애초에 그의 재력만 보고 재혼을 감행했던 엄마는 그가 교도소에 복역하는 순간부터 이 세상에 없는 사람 취급했다. 그리고 로미를 친정에 맡겨놓곤 돈을 벌기 위해 전국을 떠돌았다. 로미는 엄마가 무슨 일을 하는지 알지 못했고, 알고 싶지도 않았으며 지금도 모른다.

엄마와 달리 로미는 그의 죽음이 신경 쓰였다. 결코 안 쓰럽다거나 그런 종류의 것이 아니었다. 오히려 제 손에 죽이지 못한 것이 한으로 남아 있다.

새아버지는 그녀를 상습적으로 겁탈했다. 중1 때부터 3년 간. 로미는 바들바들 떨리는 손으로 키패드를 눌렀지만, 신고를 하면 엄마와 외할머니, 외삼촌을 몰살시킬 것이라는 그의 협박이 두려워 결국 실패했다. 어린 소녀는 자신의 가족을 지키기 위해 바지를 벗었다.

그랬던 새아버지가 성폭행이 아닌 음주운전으로 교도소에 복역한다는 사실에 로미는 치를 떨었고, 그곳에서 목을 맸다는 결말에 그녀는 더욱 치를 떨었다. 죽음이라는 비상구로 도망친 그를 부관참시라도 하고 싶었다.

대신 로미는 엄마의 화장대로 갔다. 칙. 칙. 그곳에 올려져 있는 모든 향수를 뿌렸다.

냄새로 자신을 감추려는 것은 먹이사슬 하위 생물들의 전략이었다. 스컹크와 라플레시아처럼. 로미는 마치 향수로 자신을 무장하면 자신의 마음속 깊은 상처도 감춰지는 것처럼 여겼다. 외출을 할 땐 꼭 향수를 서너 개는 뿌렸고, 극심히 우울한 날엔 집에 있을 때도 뿌렸다. 몸에서 흘러나오는 향기가 다시 자신의 코로 들어갈 때 그녀는 안심했다. 일종의 강박증이었다.

그간 "향이 좋네요."라고 말하는 남자는 없었다. "향수를 좋아하시나 봐요." 하고 시선을 내리까는 질문만 있었다.

그들은 하나같이 코를 찡그렸다.

로미는 찾고 있다.

자신의 향기를 맡고 고개를 갸웃하는 사람을.

무슨 특별한 이유라도 있나요, 라고 물어주는 사람을.

자신의 향기를 이해해줄 사람을.

썸

"귀여우시네요."

"누가요?"

"저기, 저 할아버지요.

할머니한테 꽃을 건네고 수줍어하시잖아요."

"아. 저분들 여기서 유명해요. 썸 타시는 걸로."

"썸이요?"

"네. 여기 요양원에서 지내면서 서로 알게 되셨는데, 언제부턴지 할아버지가 매일 꽃을 꺾어서 할머니한테 선물하신대요. 화단에 있는 꽃 꺾지 말라고 보호사한테 한소리 들었는데도 소용없나 봐요. 단단히 사랑에 빠지신 거죠. 할머니도 싫은 눈치는 아니신 거 같고요."

"황혼에 타는 썸이라니. 아름답네요."

"사랑 앞에선 세월도 기를 못 펴죠."

"그나저나 할아버지 몸이 굉장히 다부지시네요."

"맞아요. 오랫동안 군인으로 복무했는데, 부대에서도 몸 짱 간부로 유명하셨대요. 퇴직하시고 이런저런 일 하시는 와중에도 운동은 놓지 않으셨고요."

"저렇게 건강하신데, 왜 이곳에 계실까요."

"치매세요."

"아."

"여기서 지내시는 분들 대부분이 그래요. 저 할머님도 치매시고요."

"그렇군요."

"좋게 생각하면, 이전의 사랑을 지우고 새로운 사랑을 시작하는 거죠. 새로운 도화지를 꺼내는 것처럼요."

"어, 뽀뽀하신다."

"크흠… 못 본 척하죠, 저희."

"저… 그런데."

"네."

"여기 직원이세요?"

"아니요. 저도 면회 왔어요. 그쪽처럼요."

"그런데, 저 두 분에 대해서 어떻게 그렇게 잘 아세요?"

"아, 사실…저 두 분, 제 부모님이에요."

눈사람을   만들어주세요

"눈사람을 만들어주세요."라고 그녀는 말했다.

나는 창밖으로 고개를 돌렸다. 하늘엔 구멍이 뚫린 것처럼 장대비가 쏟아지고 있었다. 장마철이었다. 그리고 서빈은 내게 눈사람을 만들어달라고 말했다. 눈사람을 만들어가져오면 나와 사귀어주겠다는 것이었다.

"신종 고백 거절법인가요?"

"아니에요."

서빈은 이어 말했다.

"거절하는 것도, 장난치는 것도 아니에요."

그녀의 진지한 표정에 나는 말문이 막혔다. 나는 얼떨결
에 알겠다고 답했다. 나는 한여름에 눈사람을 만들기 위해
갖가지 아이디어를 쥐어짜냈다. 눈사람 인형을 선물하기
도 했고, 눈사람 모양 빙수를 만드는 카페를 기어코 찾아
내기도 했다.

그러나 돌아오는 것은 '이건 인형이잖아요.''이건 빙수잖
아요.' 같은 단호한 대답뿐이었다.

"다음엔 꼭 가져오세요."

서빈은 웃으며 말했다.
오기가 발동한 나는 다음엔 실내 스키장에서 만나자고
말했다.

"좋아요. 저 스키 잘 타요."

다음 주, 나는 그녀와 함께 한여름에 스키를 탔다. 서빈

은 스키를 못타는 나의 손을 잡고 균형을 잡아주었다. 우리는 넘어지고, 웃고, 일어나고, 다시 넘어졌다. 이걸 원했던 거구나. 더위를 피해 스키를 타고 싶었던 거구나. 서빈의 함박웃음을 보고 나는 생각했다.

나는 그곳에 있는 눈을 뭉쳐 눈사람을 만들었다. 그리고 확신에 찬 미소를 지으며 그것을 그녀에게 건넸다.

"이건… 인공 눈이잖아요."

서빈은 눈사람을 조심스럽게 양손으로 받치며 말했다.

"이것도 아니에요?"

답답한 마음에 나는 물었다.

"진짜 눈을 원하는 거예요? 지금 뉴질랜드나 아이슬란드로 가서 구해올까요?"

"우준 씨."

서빈이 말했다.

"공간을 이동하는 방법만 있는 게 아니잖아요."

나는 서빈의 눈을 바라보았다. 그제야 그녀의 마음을 읽을 수 있었다. 그녀가 기다리는 것은 눈이라는 물질이 아니라 겨울이라는 계절이었다.

"저는 이별한 지 얼마 안 돼서 우준 씨를 만났어요. 사실 저는 지금도 헷갈려요. 전 남친을 잊고 싶어서, 외로워서 제 옆구리를 채워줄 아무나를 바라는 건지, 아니면 우준 씨를 원하는 건지. 그러니까… 제가 필요한 건 첫눈으로 빚은 눈사람이고, 그때까지의 시간이에요. 단순히 외로움을 달래줄 남자가 아니라 우준 씨를 원하게 만들어주는 시간이요."

그날 이후, 우리는 정식으로 사귀진 않았지만 사실상 연애를 하듯이 지냈다. 나는 눈을 기다렸고, 그녀를 기다렸다.
그렇게 네 달이 흘렀다. 드디어 첫눈이 내렸다. 서빈은 내게 전화로 눈이 온다는 소식을 알리고, 지금 당장 나오라며 들뜬 목소리로 말했다. 나는 한밤중에 서빈과 함께 놀이터에서 눈사람을 빚었다. 울퉁불퉁하고 못생긴 녀석이었다.

거울이 하는   사랑

여기, 거울 하나가 있다.

거울에 비친 세계는 무채색이었다. 따분하고 지루한 회색빛. 그런 세계였다.

거울은 알지 못했다. 세계가 회색빛인 게 아니라, 자신에게 먼지가 쌓여 있을 뿐이라는 것을. 어느 날, 그런 거울의 앞에 다른 거울이 다가왔다. 두 거울은 우연히 서로를 마주보았다.

둘은 자신에게 비친 세계를 믿을 수 없었다. 그것은 무한히 펼쳐지는 우주였다.

거울 속에 있는 거울, 속에 있는 거울, 속에 있는 거울….

끝없이 이어지는 세계.

둘은 한 치의 흐트러짐도 없이 오래도록 마주보았다.

경이롭고 아름다운 무한의 세계를 마주한 둘.

두 거울은 생전 처음 겪는 이 현상에 어떤 이름을 붙여야 할까 고민하다가, 이렇게 부르기로 했다.

사랑.

단순히 마주 보는 행위로 인해 생기는 현상.

각도가 조금이라도 틀어지면 사라지는 무한의 세계.

사랑이라 이름 붙인 이 현상에 중독된 두 거울은, 서로를 조금이라도 더 뚜렷하게 보기 위해 자신을 덮는 먼지를 수시로 닦았다. 그럴수록 사랑은 선명해졌다.

그러던 어느 날, 오해에 오해가 겹친 두 거울은 작은 말다툼을 하게 되었다.

다툼은 걷잡을 수 없이 커져버렸고, 결국 분을 이기지 못한 한쪽이 돌을 집어 들어 상대에게 던졌다. 거울 한가운데에 명중한 돌이 툭하고 떨어졌다. 쩌적 하는 소리와 함께 금이 갔다. 깨진 거울 조각이 벚꽃처럼 후두둑 떨어졌다. 돌을 던진 거울은 어쩔 줄 몰라 하며 깨진 조각을 주워 담았다.

미안해. 미안해.

연신 사과를 하며 조각을 주웠다.

앞을 보지 못하는 깨진 거울은 바닥을 손으로 더듬거렸다. 조각을 모아 본드로 봉합했다. 잃어버려 줍지 못한 조각들도 있어 듬성듬성 비어 있었다. 깨진 거울은, 아무리 붙여도 깨진 거울이었다. 조각과 조각의 틈이, 돌을 맞은 그 순간을 재현시켜 주는 것 같았다.

무엇보다, 둘은 더 이상 무한의 세계를 볼 수 없었다. 거울에 비친 것은 깨진 거울이었다.

깨진 거울은 무한을 반사시키지 못했다. 각도를 틀고, 거울을 닦아도 사랑은 나타나지 않았다. 깨진 거울이 비추는 것은 깨진 세계였다.

거울은 밀려오는 죄책감에, 자기 자신도 똑같이 만들어야 한다며 큼직한 돌을 양손으로 높이 들어 올렸다. 그러자 깨진 거울이 그의 손목을 잡고 말했다.

"그거… 진짜 아파."

거울은 돌을 내려놓고 자리에 주저앉아 울었다. 깨진 거
울은 우는 거울을 뒤로 하고 떠났다.

거울은 이렇게 사랑을 한다.

플라시보   러브

"좋아하는 사람이 있어요. 그 애를 보려고 학교를 갈 정도로. 그 정도로 좋아해요. 지겨운 수업도 그 애 옆모습을 몰래 힐끔거리면 시간이 잘 가요. 아마 걔는 제 마음을 모를 거예요. 지독한 짝사랑이죠."

"그런데?"

"고백을 하고 싶은데… 차일까 봐 무서워요. 혹시 고백을 성공하게 해주는 그런 거 없을까요? 여기는 없는 게 없다고 들었어요. 그래서 알바비도 차곡차곡 모아 왔는데."

"음… 잠깐 기다려 봐."

"네."

"자, 여기."

"이게… 뭐예요?"

"사랑을 이뤄주는 가루. 한 봉지 뜯어서 음료수에 탄 다음 그 남자애한테 먹여봐. 그러면 그 애의 몸에서 사랑을 유발하는 호르몬이 분비될 거야. 너는 그때 뭘 해야 할까?"

"음…."

"잘 들어. 너는 그 틈을 노려서 싱긋 웃어 보이거나 가벼운 터치를 하면 돼. 부채질을 해야 불이 더 잘 타오를 거 아니야."

"알겠어요. 명심할게요."

"세 봉지 줄게. 세 번 먹이고 고백해봐. 돈은?"

"여기요."

"좋아. 만약에 실패하면 그때 다시 와. 환불해줄 테니까."

일주일 뒤.

"사장님. 그 애가 제 고백을 받아줬어요. 지금도 믿기지 않아요. 정말 감사합니다."

"그래? 축하해. 사랑을 쟁취했네. 거봐. 된다고 했지."

"그때 주신 가루, 효과가 대박이에요. 그거 도대체 정체가 뭐예요?"

"아, 그거…."

"…."

"사실 아무것도 아니야. 그냥 설탕이야. 어쨌든 성공했으니 된 거지?"

도둑의   아내

"남편분이 도둑이라고요?"

"네, 형사님. 얘기가 좀 긴데… 그래도 들어주시겠어요?"

남편이 선물로 준 목걸이에서 모든 게 시작됐어요. 예쁘게 포장된 고가의 명품 목걸이를 결혼기념일에 남편이 선물해줬어요. 저는 너무 기뻐서 뽀뽀를 마구 갈겼어요. 훔친 목걸이라고는 전혀 상상도 못했죠. 며칠 뒤에 동창회에 그 목걸이를 차고 갔는데, 한 친구가 제 목걸이를 보더니 이러는 거예요. '얼마 전에 집에 도둑이 들어서 온갖 금품을 다 훔쳐 갔는데, 그중에 너가 찬 목걸이랑 똑같은 것도 있었어. 연애할 때 선물 받은 건데.'

그리고 요즘 도둑놈들이 극성이니 제게 조심하라는 말까지 덧붙였죠. 친구를 위로해주고 집으로 돌아오니 문득 이런 생각이 들었어요.

'내 남편은 도대체 무슨 일을 하지?'

자식을 두 명이나 낳을 때까지도 저는 남편이 정확히 무슨 일을 하는지 알지 못했어요. 작은 사무실에서 무슨 사업을 하는데, 거래처 접대를 하느라 새벽 늦게 집에 들어올 때가 잦았어요. 딱 그 정도까지만 알고 있었어요. 돈을 꼬박꼬박 벌어오니까 의심할 생각을 전혀 못했죠.

저는 갑자기 궁금해져서 흥신소에 뒷조사를 의뢰했어요. 아니 세상에, 지 남편이 무슨 일을 하는지는 알아야 할 거 아니에요. 그러다 뜻밖의 이야기를 듣게 됐어요. 남편의 직업이 도둑이라고. 그것도 아마추어가 아닌 한 팀으로 움직이는 프로 중의 프로라고.

그 얘기를 듣고 가슴이 철렁 내려앉았어요. 애들 먹일 저녁으로 소고기를 굽고 있는데, 이 고기가 남의 집 물건 훔쳐서 얻어낸 거라고 생각하니까 헛구역질이 올라오더라고요. 애들은 제 속도 모르고 맛있다며 오물오물 씹고 있고, 남편은 그 잘난 도둑질 하느라 새벽까지 들어오지 않았죠.

형사님. 남편이 도둑이어서 좋은 점이 뭔지 아세요? 집에 도둑이 들까 봐 걱정할 필요가 없다는 거예요. 도둑놈이랑 한 수저를 쓰고 떡을 치는 마당에, 그까짓 게 뭔 상관이에요.

아, 죄송해요. 단어 선택이 좀 그랬죠.

저 더 이상 이대로는 못 살겠어요. 주님의 뜻을 거스르면서 이렇게 하루하루 지옥 속에서 살 순 없다고요. 오 주여… 빨리 제 남편을 잡아가 주세요, 형사님. 빨리요.

"저기요, 부인."

"네."

"양심고백 하시고, 신고하러 오신 거 다 좋은데요. 제발 저희 좀 그만 괴롭히시면 안 될까요?"

"그게 무슨 소리예요?"

"남편 분은 이미 돌아가신 지 10년째고, 선생님도 연세가 벌써 여든이 넘으셨잖아요. 남편이 대도였던 것도 알겠고, 50년 가까이 남몰래 죄책감 때문에 힘드셨던 것도 다 알겠어요. 그런데 도대체 이게 몇 번째예요. 이번 달에 스무 번도 넘게 털어놓으셨잖아요. 거기다 기부도 많이 하셨고요. 지금 와서 이렇게 털어놔봤자, 남편 분이 이미 세상에 안 계신데 저희보고 어떻게 체포하라는 거예요."

"무슨 소리예요 형사님… 저는 지금 서른다섯인데요!"

첫사랑은   은행강도

"양손 머리 위로 바짝 들고 얌전히 있어. 허튼수작 부릴 생각하지 말고."

복면을 쓴 소총으로 무장한 강도 무리가 은행을 장악했다. 한 손님이 캡슐 커피를 기다리고 있던 그 짧은 시간에 말이다. 머리 위로 쭉 뻗은 앤의 양팔이 후들거렸다. 은행원으로 근무하며 강도를 만나는 상상을 여러 번 했었고 실제로 대처 교육도 받았던 그녀였지만, 정작 그들이 들이닥치자 몸이 굳어버렸다. 노아를 발견하기 전까지.

노아. 분명 노아였다. 복면 사이로 눈밖에 보이지 않는데도 앤은 단번에 알아보았다. 그는 앤의 첫사랑이었고, 그도 마찬가지였다.

"… 노아."

앤은 양손을 든 채로 속삭였다. 망을 보고 있던 강도 한 명이 그녀에게 천천히 다가왔다.

"너… 노아 맞지?"

그녀는 다시 한 번 물었다. 그가 숨을 쉴 때마다 복면 아래에 덮인 입이 뻐끔거렸다.

"앤?"

그의 말에 앤은 티 나지 않게 고개를 끄덕거렸다. 순간 노아의 눈망울이 촉촉해졌다. 그동안 도대체 무슨 일이 있었던 거야? 하고 그녀는 묻고 싶었지만 사실 그럴 필요가 없었다. 서로 눈을 마주친 침묵의 순간에 이미 많은 말들이 오고 갔기 때문이다.

앤은 그의 동공을 통해 영혼을 들여다보았다. 노아의 마음속에서 두 우주가 충돌하는 것이 보였다. 럭비선수를 지망하던 풋풋했던 과거의 자신과 은행 강도가 되어버린 지금의 자신이 부딪혀 버무려지는 것을. 앤은 똑똑히 보았다.

"보고 싶었어."

앤은 이때다 싶어 마음에도 없는 소리를 내뱉었다. 그를 회유하기 위해 수단을 가리지 않기로 한 것이다.

"우리… 얘기 좀 나눌래?"

앤은 그의 마음이 약해진 틈을 노려 터무니없는 제안을 했다. 자신이 내뱉어놓고서도 어이가 없었다.

돈다발을 두둑이 담은 보따리를 맨 동료가 노아에게 다가와 철수하자는 손짓을 했다. 노아는 메고 있던 소총을 동료에게 건네고 복면을 벗었다. 그의 맨 얼굴이 드러났다.

"먼저 가."

노아가 말했다. 동료는 헛웃음을 지으며 은행을 뛰쳐나갔다. 한바탕 폭풍이 휩쓸고 지나간 은행은 소란스러웠다. 눈물을 흘리는 고객들과 손을 벌벌 떨고 있는 지점장을 두고, 앤은 노아와 함께 은행을 몰래 빠져나왔다.

경찰차 서너 대가 사이렌을 울리며 둘을 지나쳤다. 은행원과 은행강도의 산책이라니. 앤은 지금 상황이 얼떨떨했다. 그녀는 노아를 경찰서로 유도하기 위한 산책 루트를 짰다. 그리고 그가 눈치채지 못하도록 거짓말을 꾸며내며 자연스럽게 대화를 이어 나갔다.

널 단 하루도 잊은 적이 없다. 연애를 안 한 지 오래됐다.

앤은 이런 거짓말을 뻔뻔하게 내뱉는 스스로가 신기했다. 그 말을 전부 믿어주는 노아를 보니 미안한 마음이 들 정도였다.

"나도야."

노아가 말했다. 앤은 알 수 있었다. 그는 진심이었다.

비록 찰나의 순간이지만 10년 전 그때로 돌아간 것만 같았다. 풋풋했던 대학생 시절. 럭비선수를 꿈꾸던 남자와 시인을 꿈꾸던 그녀가 했던 엉망진창 첫사랑. 앤은 어렴풋이 그때의 향기를 맡았다.

어느새 경찰서 앞에 도착했다.

노아는 앤의 얼굴만 보고 있느라 이곳이 어디인지 모르고 있는 것 같았다.

"경찰서야."

"알아."

앤의 말에 노아가 덤덤히 답했다.

"나 사실 결혼도 했어. 애도 둘이고."

"알아."

노아는 잠시 뜸을 들이다 덧붙였다.

"아까 책상에 있던 가족사진 봤어."

그의 예상치 못한 말에 앤의 눈에서 눈물이 왈칵 쏟아졌다. 그녀도 자신이 왜 우는지 이해할 수 없었다.

"왜 속아줬어?"

앤이 물었다.

"내가 눈치채버리면, 도망갔을 거잖아. 산책도 안 해주고."

노아는 대뜸 손을 내밀었다. 악수를 하자는 뜻이었다. 그녀는 얼떨결에 손을 내밀고 악수를 했다.

"구해줘서 고마워."

노아는 그렇게 말하고 뒤돌았다. 그는 제발로 경찰서로 들어가 자수를 했다. 앤은 은행으로 돌아가는 길에 노아의 마지막 말을 곱씹었다.

오른손엔 그의 온기가 남아 있었다.

비밀이에요

"대리님. 이런 기분 아세요?"

"어떤 기분이요?"

"누군가에게 힘이 되어주고 싶은데, 그런 존재가 되지 못했을 때의 기분이요."

"무슨 일 있어요?"

"대리님도 알고 계시죠? 제가 팀장님한테 호감 있는 거요."

"아, 네. 아마 저희 부서 사람들은 다 알고 있을 거예요. 정작 팀장님 한 분 빼고요. 같은 남자가 봐도 멋진 분이시죠."

"어찌어찌해서 저번 주에 팀장님이랑 단둘이 시간을 가졌어요."

"아 정말요?"

"네. 제가 끈질기게 꼬드겨서 회사 근처 이자카야에서 가볍게 술 한 잔 했어요."

"…잘 됐네요. 그래서요?"

"그런데 있죠. 저는 이것저것 이야기를 나누고 싶었는데, 팀장님은 자기 하소연만 하는 거예요. 그것도 업무랑 본인 커리어 관련된 것들이라 제가 어떻게 조언도 해줄 수 없는 것들로요."

"음. 그랬군요."

"그래서 제가 할 수 있는 건 그냥 들어주는 것뿐이었어요."

"잘했어요. 어쭙잖은 조언보다 잘 들어주는 게 최고의 위로잖아요. 팀장님도 세희 씨한테 조금은 호감이 생기지 않았을까요."

"아니에요, 대리님. 이제 진짜 시작이에요. 제가 그렇게 꾹 참고 들어주고 있었는데, 팀장님이 술기운이 올라오는지 그제야 속에 있는 이야기를 꺼내더라고요."

"어떤 이야기요?"

"…다른 여자 이야기요. 고등학교 동창인데 10년이 넘도록 짝사랑하고 있대요. 심지어 그 여자는 그동안 남친이 여러 번 바뀌었는데도요."

"아이고."

"진짜 찌질하지 않아요?"

"완전 순애보네요. 팀장님."

"그 얘기를 듣자마자 술맛이 더러워지는 거 있죠. 지금 저 사람 눈에는 내가 안 들어오겠구나. 머릿속엔 온통 그 여자뿐이구나, 하는 생각이 드니까 그 자리가 너무 따분해지는 거예요. 그래서 얼마 뒤에 자리에서 일어났어요."

"그 기분 어떤 기분인지 알 거 같아요."

"대리님도 이런 적 있어요?"

"그럼요."

"후. 그래도 고민을 털어놓으니까 마음이 좀 후련해지네요. 소주 한 병 더 시킬까요? 오늘은 기분이 좋으니까 제가 쏠게요."

"그래요. 금요일이니까 실컷 마셔요 우리."

"…그나저나 대리님 이야기도 해주세요. 대리님도 저랑 비슷한 경우였어요?"

"음… 안 돼요."

"왜요?"

"…비밀이에요."

3인칭 관찰자   섹스

이상한 낌새를 눈치채기 시작한 건, 여자친구가 예약한 모텔에 발을 디디고 나서부터였다.

이림이 예약한 그곳은 사방이 거울로 뒤덮여 있는 이색적인 모텔이었다. 온종일 첫날밤의 긴장과 설렘으로 가득했던 나의 감정은 방에 들어서자마자 기묘한 섬뜩함으로 변했다.

"…신기하다."

나는 방을 둘러보며 말했다.

"나 먼저 씻을게."

이림이 욕실로 들어가며 말했다.

그녀의 몸에 물줄기가 부딪히는 소리를 들으며 나는 침대에 누웠다. 그리고 천장 전체를 덮은 거울 속의 나와 눈싸움을 했다. 나는 순식간에 얼굴이 빨개졌다. 여기서 섹스를 한다고?

얌전한 고양이 부뚜막에 먼저 올라간다 했던가. 데이트 내내 부끄러워했던 이림은 나의 몸에 먼저 올라탔다. 그녀의 몸놀림은 적극적이고, 한발 더 나아가 폭력적이었다. 나는 덩달아 흥분해 이림과 함께 신음을 내질렀다.

"사랑해."

내 고백에 이림은 대답하지 않았다.

그때, 나는 무언가 이상함을 느꼈다. 그녀는 섹스를 하는 내내 한 번도 쳐다보지 않았다. 이림이 보고 있는 것은 거울이었다. 정확히는 '거울 속의 우리'였다.

"우리 진짜 야하다 그치."

이림이 말했다. 그 말을 할 때마저 나를 쳐다보지 않았다.

체위를 바꿔도 마찬가지였다. 그녀는 천장을 보았고, 사방의 벽을 보았다. 그러나 나를 보진 않았다. 그럴 수 있지, 독특한 취향이네, 라고 처음엔 생각했다. 그러나 거울 모텔만 찾아다니는 것은 진짜 문제가 아니었다. 연애를 하는 내내 이림은 나를 보지 않았다.

예를 들면 이런 식이었다. 이림은 나의 패션센스가 마음에 들지 않는다며, 자신의 입맛에 맞는 옷을 내게 선물하고 그것을 입혔다. 그리고 나를 예쁜 배경에 세워 사진을 찍고, 몸길이를 늘려 185센티미터처럼 보이게 한 다음 인스타그램에 올렸다. 그 사진을 본 친구들은 그녀에게 메시지를 보냈다.

- 남친 피지컬 좋다.

이런 문장들을 하나하나 읽으며 이림은 음흉한 미소를 지었다. 당신은 이렇게 말할지도 모른다.

'이게 뭐 어때서? 이런 커플이 얼마나 많은데.' 그래. 나도 그 말에 부정을 할 생각은 없다.

그러나 세상만사 모든 것은 '정도'의 문제다. 이림은 정도를 지나쳤고, 이것은 다른 차원의 이야기다.

그녀는 나와 데이트를 하지 않는다. 자신의 상상 속 이상적인 남자와 사귄다. '핸드폰 속의 남친'과 데이트를 한다. 마치 거울 속의 나와 섹스를 하듯이.

이림과 연애가 지속될수록 나는 께름칙한 기분을 떨칠수가 없었다. 그녀는 나를 1인칭 시점으로 보지 않고, 3인칭 시점으로 바라보았다. '내가 바라보는 남친'이 아니라, '제3자가 남친을 바라보는 시점'에서 보았다. 무슨 말인지 이해가 가는가?

그녀의 시점은 자신의 눈앞에서 발사되는 것이 아니라, 저 멀리 허공, 존재하지 않는 타자, 전지적 관찰자의 시점이라는 것이다. 이것을 제대로 이해한다면 소름이 돋을 것이다.

이림은 데이트를 하는 내내 핸드폰을 하며 우리들의 연애가 얼마나 아름다운지 지인들에게 광고를 했다. 그러나 정작 그녀는 나를 보지 않았다. 이림은 거울을 바라보며 섹스를 했지만 나를 보진 않았다. 나는 그녀를 직접 보았지만, 그녀는 다른 사람, 다른 사물을 빌려 나를 보았다.

나는 어느 순간부터 스스로가 하나의 인격체가 아닌 바비인형이 된 듯한 기분을 느꼈다. 이림의 욕망을 채우기위한 도구로써 존재하는 느낌을 떨칠 수가 없었다. 결국나는 용기를 내어 속마음을 털어놓았다.

"…나를 바라봐주면 좋겠어."

장장 한 시간에 걸친 전화로 나는 쌓아놓은 이야기를 토했다. 나의 이야기를 들은 이림은 울음을 터뜨렸다.

"왜 미리 말 안 했어. 나만 나쁜 년 같잖아."

그녀는 기분이 울적하다며 대뜸 전화를 끊어버렸다. 나는 당황했다. 이런 걸 바란 건 아니었는데. 나는 방 안에서 안절부절못하다가 참지 못하고 집을 나갔다. 그리고 꽃집에 들러 장미 한 송이를 사 들고 이림의 집 앞으로 찾아갔다.

206

"나 지금 집 앞이야. 나와줄 수 있어?"

전화를 끊고 잠시 후, 이림은 잠옷 차림으로 나왔다. 그녀는 꽃을 들고 있는 나를 발견하고 웃어 보였다. 나는 이림에게 천천히 다가갔다. 그때, 그녀가 소리쳤다.

"잠깐! 거기 그대로 서 있어봐."

그녀는 주머니에서 핸드폰을 꺼내 멀찍이서 나를 찍었다.

"됐어. 이제 와도 돼."

나는 떨떠름한 기분으로 그녀에게 다가가 꽃을 건넸다. 그러자 이림은 다시 핸드폰을 꺼내 여러 각도로 사진을 찍기 시작했다. 나는 설마 하는 마음으로 인스타그램을 켜 그녀의 계정에 들어갔다.

'사과한다고 꽃들고 집 앞까지 와준 남치니.'라는 문구와 함께 꽃을 들고 있는 내 사진이 스토리에 올라와 있었다. 이림은 자신의 사진에 반응을 한 친구들에게 답장을 보내며 히히덕거렸다.

　나는 그녀를 보고 있었고, 그녀는 핸드폰을 보고 있었다. 고맙다는 말 한 마디 듣지 못한 채 그렇게 서 있었다.

　다음 날, 나는 이별을 통보했다.

자각몽   데이트

"드디어 성공했네, 오빠?"

"뭘 성공해? 야, 현서야. 이상한 소리 하지 말고 이것도 먹어봐. 진짜 맛있어."

"오빠."

"…팔짱은 왜 껴 무섭게. 뭐 또 내가 잘못했어?"

"이거 지금 오빠 꿈이야."

"…."

"나 많이 보고 싶어 했잖아. 그런 사람이 지금 가리비 먹을 때야? 그리고 이왕 불러낼 거면 분위기 있는 곳으로 데려오지 왜 하필 조개구이집이야?"

"…이날이 내 기억에 강렬하게 남았나 봐."

"무슨 날인데?"

"너 죽기 전날."

"아, 맞다."

"다음 날 집으로 돌아가는 길에 사고 나서 너는 죽고 나만 살았잖아. …그동안 내가 얼마나 힘들었는지 알아?"

"아, 오빠 됐고. 나 불러냈으니까 이제 하고 싶은 거 해 봐. 모텔 갈까?"

"현서야."

"응."

"지금 네가 한 말 진심 아닌 거 알아. 네가 방금 뱉은 말은 성욕으로 들끓는 내 육체가 만들어낸 대사야. 이건 내 꿈 속이니까 내 무의식이라는 거지. 나 이제 더는 안 속아."

"뭔 소리야 그게. 빨리 섹스나 하자."

"현서야, 그만해."

"…."

"내가 널 만나려고 자각몽 훈련을 얼마나 했는지 알아? 무려 2년을 했어. 너랑 제대로 된 대화 나눠보고 싶어서. 너의 촉감, 냄새, 목소리 전부 현실처럼 느끼고 싶어서 매일 훈련을 했어. 그런데 매번 꿈에 나오는 장면은 조수석에 앉은 네가 피를 흘리고 죽은 모습이었지. 늘 사고 장면만 되풀이됐어. 꿈에서 너랑 데이트 한 번 하기가 그렇게 힘들더라. 정말이지….”

“…울지마 오빠.”

“미안해. 절대 울지 않겠다고 다짐했는데.”

“우리 여기 앞에 해변이나 걸을까? 나 밤바다가 좋아.”

“그래.”

“…파도 소리가 참 좋아.”

“현서야.”

“응.”

“나 꿈에서 깨기 싫어.”

“…그 말 하지 마. 그러면 바로 깨. 그냥 조용히 걷자 우리.”

“응.”

모기를   잡는 법

"모기를 쉽게 잡는 법이 뭔지 알아?"

범과 희오는 서로를 바라보고 있다. 다분히 야릇한 눈빛으로.

선술집의 시끌벅적한 소음을 뚫고 두 남녀는 용케도 대화를 나눴다. 놀랍게도 두 사람은 친구인데, 9년 동안 서로 그렇게 주장하고 있다. 그러나 두 남녀의 속마음은 그렇지 않다는 걸, 지나가던 하루살이도 훤히 꿰뚫어 볼 정도다.

범은 취기가 올라 시뻘겋게 달아오른 낯짝에 풀린 눈으로, 희오를 바라보며 자신의 고민을 털어놓았다.

"여자친구를 만드는 건 왜 이렇게 힘들까?"

그가 말했다. 애인을 만들려면 마치 발품을 파는 것처럼
이리저리 돌아다니기 바쁘고, 막상 만들어도 연애가 오래
도록 지속되는 법이 없다는. 그런 내용의 고민이었다.

"내가 그렇게 못생겼냐?"

범은 빈 술잔을 들어 올리며 물었다. 희오는 이 가여운
수컷에게 술잔을 따라주면서 얼굴을 찬찬히 뜯어보았다.
범의 얼굴은 봐줄 만 하다. 아니, 사실 잘생겼다.
교복을 걸쳤던 그 시절을 생각하면, 반에서 서너 명 이상
은 꼭 그를 좋아하는 여자애들이 있을 정도였으니. 이 앙큼
한 수컷은 그 사실을 빤히 알면서도 묻고 있는 것이다.
'재수 없어.' 희오는 생각했다. 사실 가여운 쪽은 암컷인
희오에 가깝다. 자신의 지독한 짝사랑을 감추며 친구 아닌
친구로 이 관계를 유지하고 있으니 말이다. 그런 그녀의
머릿속에 뜬금없이 떠오른 단어는 '모기'였다.

"모기를 쉽게 잡는 법이 뭔지 알아?"

희오가 물었다.

"웬 모기?"

"모기를 잡으려고 쫓아다니면 절대 못 잡아. 개네는 우리보다 늘 한발 앞서 나가니까."

"그럼 어떻게 잡는데."

"가만히 있는 거지. 피를 원하는 건 모기야. 아쉬운 쪽이 먼저 와서 너한테 달라붙는 거야. 너는 못난 구석도 딱히 없잖아. 얌전히 있으면 여자가 알아서 날아올 거야. 그때 기회를 놓치지 말고 확 잡아버려."

"오."

범은 팔짱을 끼고 몸을 뒤로 젖혔다. 그녀의 논리가 마음에 든 모양이었다.

"알겠어. 명심할게."

범은 그렇게 팔짱을 긴 채로 한동안 가만히 있었다. 아
무 말 없이 음흉한 미소를 지으며.

"너 뭐해?"

희오가 물었다.

"가만히 있는 중."
"취했니?"
"…왜 모기가 오질 않지?"

범이 몸을 앞으로 숙이며 말했다.

둘의 거리는 불과 두 뼘밖에 되지 않았다. 두 남녀는 서
로의 거친 숨소리를 확인하며 눈을 맞췄다. 희오의 볼이
벌겋게 달아올랐다. 범이 내뱉은 문장 속에 숨겨진 뜻을
이해해버린 것이다. 일종의 시그널이었다.

그러나 둘 중에 한 명이라도 적당히 얼버무리면 무산될
만한 허술한 문장이기도 했다. 이 짧은 침묵의 시간 동안,
두 사람은 친구라는 명목으로 불러 다녔던 그동안의 만남

들을 떠올렸다.

침을 삼키는 범의 목젖이 볼록거리는 것을 희오는 보았
다. 그의 말이 농담이 아니었으면 좋겠다고 그녀는 생각했
지만, 동시에 농담이길 바라기도 했다.

"야."

먼저 입을 연 쪽은 범이었다.

"응?"

범은 다시 한 번, 차분하고 진중하게 희오에게 물었다.

"가만히 있는데… 왜 모기가 오질 않지?"

질문을 던지는 범의 입술이 파르르 떨렸다. 희오는 그
모습을 보더니 웃으며 말했다.

"9년 동안 네 옆에서 앵앵거렸어."

216

면도하는   여자

　자신의 인생이 불행하다며 투덜대는 사람도 성애의 사연을 들으면 입을 다물었다.

　온몸에 털이 수북이 나는 여자 앞에서, 신세 한탄을 뻔뻔하게 이어 나갈 수 있는 사람이 몇이나 될까.

　고릴라.

　2차 성징이 활발히 일어나던 성애의 중학생 때 별명이었다. 또래 여자애들의 가슴이 봉긋해지고 골반이 벌어질 때, 그녀는 테스토스테론이 흘러넘치는 산적처럼 온몸에 털이 났다.

　솜털이 아니라 털 말이다.

성애는 남들보다 새벽 일찍 일어나 인중과 턱에 난 수염과 팔다리 털을 면도했고, 한여름엔 홀로 겨울 체육복을 입었다. 그녀의 사연을 익히 알고 있는 교사들은 눈감아 주었다.

그런 노력에도 불구하고 짓궂은 남자애들은 체육복 사이로 삐죽 튀어나온 그녀의 털을 뽑아 전리품처럼 높이 치켜들고 낄낄거리며 뛰어다녔다.

전국의 내로라하는 피부과와 내과를 순회공연 하듯이 다녔지만, 얻은 것은 발모를 일시적으로 억제해주는 알약 뿐이었다. 그마저도 하루 깜빡하고 먹지 않으면 털이 평소보다 두 배 빠른 속도로 자랐다.

성애는 원망스러웠다. 왜 나에게 이런 시련이 닥쳤는지. 남들은 그럭저럭 평범하게 살아가는데, 왜 나만 이런 수고를 겪어야 하는지.

그런 그녀도 사랑을 하고 싶었다. 수염이 나는 것뿐, 성애도 여자였던 것이다.

한여름에도 긴팔에 긴바지를 입고, 데이트 중간 중간에 면도를 하러 화장실에 들르는 것 빼고는 평범한 연애였다. 그러나 용기를 내어 자신의 본모습을 드러내는 순간 사랑은 파도 앞의 모래성처럼 무너졌다. 남자들이 질겁한 것도 있지만, 성애 본인이 그 전과는 전혀 다른 눈빛으로 나타났기 때문이다.

자신의 치부를 드러낸 뒤 그녀는 고슴도치처럼 가시를 세웠다. 트라우마가 그녀를 날카롭게 만든 것이다.

사랑이 번번이 실패하자 성애는 다짐했다. 무슨 일이 있어도 자신의 털을 드러내지 않기로.

그렇게 호영을 만났다. 사랑에 몸을 끝까지 담그면 사랑에 빠져 있다는 사실도 망각하게 되는데, 지금이 딱 그랬다. 그녀는 호영과 데이트를 하는 날엔 일곱 번 면도를 했다. 그런 남자였다.

성애의 깊어지는 사랑과 불안은 정비례했다. 자신의 털을 높이 치켜들고 복도를 뛰어다녔던 남학생들의 웃음소리가 귓가에 맴돌았기 때문이다. 자신을 사랑스러운 눈빛으로 바라보는 호영의 얼굴과 그 웃음소리가 겹쳐서 그녀는 괴로웠다.

성애가 눈을 떴을 때, 호영은 그녀를 빤히 바라보고 있었다. 둘은 침대 위에서 마주 보며 누워 있었다. 그날은 유독 기분이 울적했는지, 평소 잘 마시지도 않는 술을 궤짝

219

채로 마신 날이었다. 모든 기억이 돌아온 성애는 소스라치게 놀라며 몸을 벌떡 일으켜 인중을 더듬거렸다.

수염이다.

면도도 하지 않고 발모 억제제를 먹는 것도 깜빡해서 수염이 수북하게 자란 것이다. 그녀는 비명을 지르며 가방 속에서 면도기를 꺼내 화장실로 달려갔다.

"성애 씨. 성애 씨!"

호영이 그녀를 뒤따라가며 소리쳤다. 성애는 크림도 바르지 않고 수염과 팔다리에 난 털을 면도기로 박박 밀었다. 벌겋게 뒤집힌 피부에서 피가 흘러내렸다. 그녀는 울먹이며 면도를 멈추지 않았다.

"성애 씨. 저 좀 봐요."

호영이 말했다. 그러나 성애는 멈추지 않았다. 그녀의 피가 배수구로 빨려 들어가고 있었다.

"저 좀 보라고요!"

호영이 면도기를 쥔 성애의 팔을 붙잡고 소리쳤다. 그제 야 그녀는 고개를 들었다.

"픕."

그녀의 입에서 저항 없는 웃음이 새어 나왔다. 호영의 한 손에 가발이 들려 있었다.

그는 옆머리만 간신히 남아 있는 대머리였다.

"최대한 빨리 밝히려고 했는데, 그게… 너무 무서워서."

호영이 말했다. 가발을 쥔 그의 손이 파르르 떨렸다.

"성애 씨도… 무서웠던 거죠?"

성애는 고개를 끄덕거렸다. 그녀는 용기를 내어 다시 한 번 그의 민머리를 올려다보았고, 또다시 웃음이 새어 나왔다.

"크게 웃어도 돼요."

그가 허락하자 성애는 마음놓고 웃었다. 피가 흥건한 타일 위에서 털보와 대머리는 눈물이 날 때까지 웃었다.

"있잖아요."

호영이 말했다.

"장점을 사랑하면 커플이 되고, 단점도 사랑하면 부부가 된대요."

그는 성애의 손에 있는 면도기를 빼고 그녀의 손을 잡았다. 호영의 두피가 형광등에 반사되어 반짝거렸다. 성애의 인중엔 자르다 만 콧수염이 대롱대롱 달려 있었다.

"우리는… 어떻게 될까요?"

초코바

오늘도 있다.

초코바.

5교시가 시작되기 전. 사물함을 열어보면 교과서 위에 초코바 하나가 수줍게 놓여 있었다. 최근 보름 동안, 정체불명의 산타는 하루도 빠짐없이 우호의 사물함에 그것을 두고 갔다.

처음엔 무슨 더러운 수를 써놓은 트랩 같은 게 아닐까 우호는 의심을 했었다. 혹시 다른 사물함에도 있는 건가 확인해보았지만 없었다. 결론적으로 그것은 그에게만 주어진 멀쩡하고 의미심장한 초코바였다. 점심을 먹고 농구

를 한 뒤 교실로 돌아와 초코바를 까먹는 일이 이제는 루
틴이 되었고, 우호는 오늘도 사물함에 기대어 그 루틴을
즐기고 있었다.

"왜 혼자 맛있는 거 먹냐."

그때, 혜빈이 다가와 말했다.

"나도 한 입만."

그는 베어 문 쪽의 반대편을 내밀었고, 그녀는 크게 한
입 물었다. 그와 동시에 우호는 교실 안을 빠르게 훑었다.

"뭘 그렇게 봐?"

그녀가 오물거리며 물었다.

"너가 방금 먹은 거. 점심시간마다 누가 내 사물함에 두
고 가는 거야."

"근데?"

"너가 뺏어 먹으면, 그 애가 이쪽을 볼 거 아니야. 높은 확률로 여자애일 거고. 미묘한 표정 변화를 캐치 해야지."

"널 좋아하는 애가 있다고?"

혜빈은 헛웃음을 지으며 그를 올려다보았다.

"질투하냐?"

"미쳤니?"

"이건 시그널이야. 분명히."

우호는 팔짱을 끼고 사물함에 기대며 말했다.

"도대체 누굴까?"

그는 같은 반 여자애들을 한 명씩 떠올리며 눈깔을 굴렸다.

"몰래 잠복하면 되지. 하루쯤은 급식 안 먹어도 되잖아."

혜빈이 말했다.

"그러고 싶진 않아."

"왜?"

"누군지 알게 되면 신경 쓰일 거 같아. 궁금하긴 하지만 참아야지. 입시 끝날 때까진."

우호는 남은 초코바를 입안에 쑤셔 넣었다. 혜빈은 그의 손에 있는 포장지를 뺏어 들고 그것을 바라보며 말했다.

"어쩌면 이 애는 무서운 게 아닐까?"

"뭐가?"

"입시가 끝나면 졸업이잖아. 성인이 돼서 모두 뿔뿔이 흩어질 거고. 이제 정말 마지막이니까, 이 애는 용기를 쥐어짜서 신호를 보내는 게 아닐까?"

혜빈이 말을 마치자 침묵이 내려앉았다. 바스락거리는 포장지 소리만 들렸다.

"무서워 할 필요 없어."

우호가 고개를 돌려 말했다.

"조금만 기다려 줘."

그는 그녀를 내려다보았고, 그녀는 그를 올려다보았다.

"… 나한테 하는 말이야?"

혜빈이 물었다.

"응."

우호는 확신에 찬 눈빛으로 그녀를 바라보았다. 그 눈빛이
혜빈은 고마웠다. 그토록 들키고 싶었던 비밀이었으니까.

"대답은?"

그가 물었다.

혜빈은 초코바 포장지를 주머니에 넣고 뒤돌아섰다.

"알겠어. 대신 내일부터 없다."

선인장   키스

"당신과 키스하고 싶어요."

"왜요?"

"예뻐서요."

"어디가요?"

"정수리에 난 꽃이요. 그리고 당신은 상냥하고… 같이 있으면 즐거워요."

"저도 당신이 멋있다고 생각해요. 친절하고 가끔씩 유머러스하죠. 그런데 키스를 하는 건 두려워요."

"왜요?"

"키스를 하면 사랑이 깊어지고, 사랑이 깊어지면 껴안고

뒹굴거리고 싶어지잖아요. 그러면 많이 아플 거예요. 우리는 선인장이니까요."

"그럼 이건 어때요? 제 몸에 있는 가시를 전부 뽑아버릴 게요. 그러면 적어도 당신은 아프지 않을 거예요."

"그래도 당신이 아픈 건 그대로잖아요."

"참을 수 있어요."

"그건 싫어요. 그걸 전부 뽑아버리면 선인장이 아니니까요. 그러니까 당신이 당신이 아니게 되잖아요. 그리고 가시라고 부르지 말아요. 그건 이파리예요. 사람들이 가시라고 불러도, 우리에게 꼭 필요한 잎이에요."

"알았어요. 미안해요."

"아니에요. 제가 좀 흥분했어요."

"그럼, 지금처럼 이렇게 마주보는 건 되는 거죠?"

"네. 얼마든지요."

"…."

"저기요."

"네."

"미안해요. 그냥 키스해줘요."

"마음이 바뀌었어요?"

"아니요, 마음은 그대로예요. 저도 처음부터 당신이랑 키스하고 싶었어요. 단지 고통이 두려워서 주춤했던 거예요. 그런데 당신은 당신 잎을 전부 뽑아버린다면서, 그렇게까지 사랑을 표현했잖아요. 그 얘기를 들으니까 제가 너무 겁쟁이처럼 느껴졌어요. 그러니까… 당신이 저를 변화시켰어요. 사랑 앞에서 용감해진 당신이 저를요. 조금 아프면 어때요."

"…."

"뭐해요. 어서 키스해줘요."

콜택시   로망스

집 앞 큰 사거리에서 콜택시를 불렀다.

근처에 있던 택시는 곧바로 도착했다.

"안녕하세요."

"네, 안녕하세요."

나는 택시 기사와 짧은 인사를 나누고 차에 올라탔다.

기사는 얌전히 운전을 하는가 싶더니, 신호가 걸릴 때마다 룸미러로 뒷좌석에 앉은 나를 힐끔힐끔 쳐다보았다. 나는 그의 시선이 거슬려 옆자리에 놓인 쇼핑백으로 고개를 돌렸다. 거기엔 남자 친구의 생일선물이 들어 있었다. 나는 쇼핑백에서 상자를 꺼내 열어서 선물이 잘 들어 있나 괜히 확인해보았다.

"누구 만나러 가는 길이에요?"

그때, 기사가 룸미러를 올려다보며 물었다.

"네?"

나는 상자를 닫으며 말했다.

"친구 만나러… 가는 길이에요."
"친구 분한테 향수를 선물하시나 봐요? 남자 분 거 같은데."
"하하…."

룸미러에 비친 그의 음흉한 미소에 나는 멋쩍게 웃으며 상자를 도로 쇼핑백에 집어넣었다.

'뭐야 이 아저씨.'

나는 불쾌한 감정을 떨쳐내기 위해 창밖으로 시선을 돌렸다. 도로엔 퇴근길에 오른 차들로 북적거렸다. 더 이상의 질문 공세를 사전에 차단하기 위해 나는 이어폰을 주섬주섬 꺼내 들었다.

"남자 친구랑 싸웠나 보죠?"

기사가 물었다.
뜬금없는 질문에 흠칫 놀란 나는 운전석에 앉은 그를 멀뚱멀뚱 바라보았다.

"표정이 뚜웅 하길래. 하하"

기사가 호탕하게 웃었다. 나의 표정만 보고 사연을 알아맞힌 기사의 신통함에 넘어간 나는 그만 입을 열어버리고 말았다.

"… 어떻게 아셨어요?"

"이 노릇만 벌써 10년입니다."

그가 말했다.

"번화가 술집 앞에만 가면 싸우고 토라져 있는 연인들이 수두룩하죠. 이제는 표정만 딱 봐도 알아요."

기사는 손가락으로 핸들을 리드미컬하게 두드리며 정체 모를 노래를 흥얼거리다 말을 이었다.

"개중에 십중팔구는 사내 녀석들 잘못이죠. 남자들이 괜한 자존심 부려서 투덜대는 순간 획 틀어져버리는 거예요. 저만 해도 가정의 평화를 위해 마누라가 으르렁대면 곧바로 깨갱하고 사바사바 하는데. 요즘 총각들은 져주는 법을 모른다니까요. 아이고 잘못했습니다. 이 한마디면 되는데. 하하."

기사의 넉살과 우스꽝스러운 말투에 나는 마음이 조금

씩 누그러졌다.

"여자들은 그런 거 안 좋아해요."

내가 말했다.

"상황 모면하려고 영혼 없이 사과하는 거요."

"그런가요?"

"그리고 무조건 한쪽의 잘못인 것도 아니에요. 연인 싸
움은 잘잘못을 따지기가 어렵더라고요. 그냥… 서로 이해
관계가 엇갈렸던 것뿐이니까요."

"싸우고 나서 이것저것 생각이 많으셨나봐요."

"사실 3일 동안 연락을 안 했어요. 그런데 오늘 그 자식
생일이라, 사놓은 선물이 아깝기도 해서 집 앞에 놓고 오
려고요."

"귀여운 아가씨네."

기사가 머리를 젖히며 호탕하게 웃었다.

"자, 내려요. 다 왔어요."

"네? 벌써요?"

나는 창밖을 확인했다. 처음 택시에 올라탔던 집 앞 사거리였다.

"왜 다시 여기로 오셨어요?"

"선물 주인이 여기 있으니까요."

기사가 말했다.

"사실 바로 직전에 어떤 남자 손님분이 꽃다발을 들고 탔어요. 잔뜩 긴장한 표정이라 궁금해서 물어보니까 여자 친구한테 사과하러 간다고 하더라고요."

나는 멍하니 기사의 이야기를 들었다.

"그렇게 내려주고 얼마 안 지나서 아가씨가 바로 탄 거예요. 도착지가 전에 남자 분이 출발했던 곳이길래 설마

해서 이것저것 물어봤네요. 기분 나빴으면 사과할게요. 이렇게 귀여운 커플은 또 처음 보네."

그때 핸드폰이 울렸다. 남자 친구의 전화였다.

"계산은 됐어요."

기사가 웃으며 말했다.

"빨리 가봐요. 기다린 지 한참 됐겠다."
"감사합니다."

어안이 벙벙한 채로 택시에서 내린 나는 향수가 담긴 선물상자를 들고 걸음을 재촉했다.
집 앞 가로등 밑에 한 남자가 꽃을 들고 서 있었다.

작가의 말

고등학교 3학년. 자리를 바꿔 앉은 친구의 책상 서랍에 들어 있던 소설책을 우연히 꺼내 들었다. 김영하의 『살인자의 기억법』. 나는 수업 두 개가 지나가는 동안 엉덩이도 떼지 않고 단숨에 마지막 문장까지 내달렸다. 난생처음 완독한 책이었다.

그때부터 이야기의 매력에 푹 빠져 소설, 영화, 드라마를 먹어치우듯 닥치는 대로 흡수했다. 이토록 재밌고, 뭉클하고, 위대한 이야기들이 나의 마음을 움직이는 게 마법처럼 여겨졌고, 그 마법을 자유자재로 주무르는 작가와 감독들은 마법사처럼 보였다. 그러던 어느 날. 공원에서 산책을 하던 중 나는 한 나무를 올려다보며 조용히 중얼거렸다.

"나도 마법을 부릴 수 있을까?"

그로부터 5년 후, 인스타그램에 짧은 이야기를 연재하기 시작했다. 오직 열 장의 이미지만 올릴 수 있는 플랫폼의 제한 때문에(혹은 덕분에) 최대 열 쪽짜리 이야기만 써나갔다. 하고 싶은 이야기들이 많았던 내겐 안성맞춤 콘텐츠였다. 그렇게 두 편, 세 편 매일 꾸준하게 올리던 소설들은 어느 순간 200여 편이 넘었고 꾸준하게 찾아주는 독자분들도 생겼다. 그러다 감사한 기회로 이 이야기들을 묶어 출간하게 되었다.

내게 있어 이야기를 쓰는 행위는 세상과 나를 이해하려는 발버둥이다. 이야기를 읽고 쓰면서 전에는 이해하지 못했던 종류의 사람을 이해하게 되었고, 미지의 영역으로 남아 있던 나의 마음과 삶의 본질을 들여다볼 수 있었다.

감사한 분들이 참 많다.

뒤에서 묵묵히 응원해주는 가족들, 내가 작업하는 모습을 흐뭇하게 바라봐주는 여자 친구, 나의 행보를 응원해주는 친구와 지인들, 책을 출간할 수 있는 기회를 주신 이든 하우스 정병철 대표님과, 나의 첫 책을 정성스럽게 편집해 주신 조혜정 편집자님.

나의 글을 꾸준하게 찾아주시는 독자 분들(그래, 바로 당신!), 이 책을 통해 나의 글을 처음 접한 분들, 그리고 나의 모든 게시물에 정성스러운 댓글을 달아주는 아버지께 진심 어린 사랑과 감사를 보낸다.

당신이 살아내고 있는 이야기의 주인공은 언제나 당신 이라는 것을, 잊지 말았으면 좋겠다.

2023년 여름의 입구에서
박시울

선인장 키스

초판 1쇄 인쇄 2023년 6월 23일
초판 1쇄 발행 2023년 6월 30일

지은이 박시울
기획편집 조혜정
디자인 에밀리
펴낸이 정병철
펴낸곳 ㈜이든하우스 출판
인쇄,제작 천일문화사
출판사등록 신고번호 제2021-000134호
주소 서울시 마포구 양화로 133 서교타워 1201호
대표전화 02-323-1410
팩스 02-6449-1411
이메일 eden@knomad.co.kr

ISBN 979-11-976036-5-5 03810
ⓒ박시울, 2023